KB078057

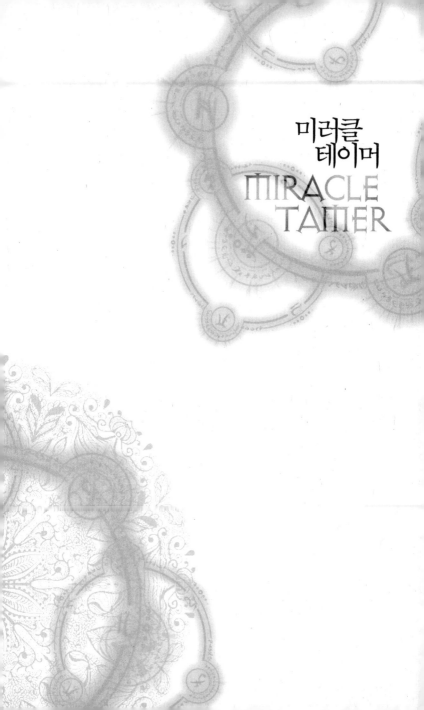

미러클
테이머
MIRACLE
TAMER

미라클 테이머 2

인기영 장편소설

초판 1쇄 찍은 날 § 2016년 7월 6일
초판 1쇄 펴낸 날 § 2016년 7월 13일

지은이 § 인기영
펴낸이 § 서경석

편집책임 § 이창진

펴낸곳 § 도서출판 청어람
등록번호 § 제387-1999-000006호
등록일자 § 1999. 5. 31
어람번호 § 제1-2477호

주소 § 경기도 부천시 원미구 부일로 483번길 40 서경B/D 3F (우) 14640
전화 § 032-656-4452   팩스 § 032-656-4453
http://www.chungeoram.com
E-mail § chungeorambook@daum.net

ⓒ 인기영, 2016

ISBN 979-11-04-90884-2 04810
ISBN 979-11-04-90882-8 (세트)

인기영 장편소설

FUSION FANTASTIC STORY

미러클 테이머

MIRACLE TAMER

2

도서출판 청어람

CONTENTS

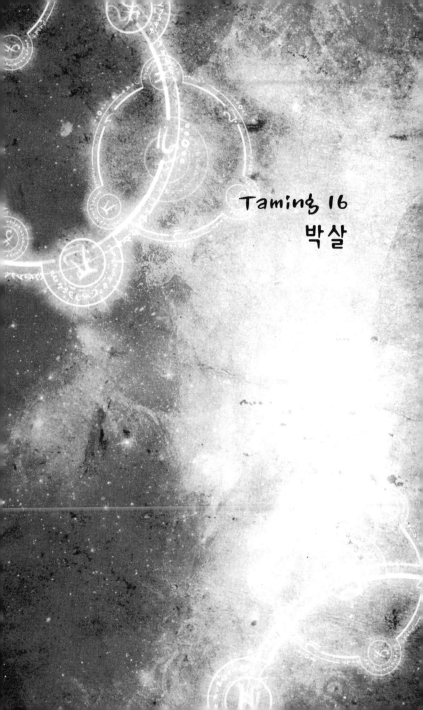

Taming 16
박살

어젯밤.

아버지와 돈가스를 먹고 들어와서 던전 레이더의 매뉴얼을 정독했다.

던전 레이더에는 내가 몰랐던 여러 가지 기능이 탑재되어 있었다.

그중 비욘더들에게 가장 필요한 것은 바로 녹화 기능이었다.

비욘더들은 그 특이성 때문에 아무 데서나 힘을 쓸 수가 없다. 때문에 억울한 상황에 처하는 경우가 많다.

술자리에서 취객과 시비가 붙어도 주먹을 휘두르면 안 된다. 그랬다가 민간인이 소송을 걸어오고 그 과정에서 비욘더라는 게 밝혀지면 가중처벌을 받는다.

상대가 먼저 시비를 걸어왔더라도 비욘더인 이상 이건 어쩔 수가 없다. 상대의 잘못이 확실하다는 증거가 있어야 하고, 상황을 객관적으로 정확히 얘기해 줄 증인도 필요하다.

그래서 녹화 기능이 보급형 던전 레이더에 포함되어 있는 것이다.

아울러 던전 레이더에서 녹화된 장면은 자동적으로 비욘더 길드 중앙 지부의 서버에 저장된다.

비욘더들이 던전 레이더에 저장한 영상을 조작할 수 없게 만들기 위함이다.

아, 시중에서 일반인에게 판매하는 던전 레이더엔 이런 기능이 없다. 그저 던전이 열리려 하는 지역이 어디인지만을 알려줄 뿐이다.

아무튼 오늘 녹화 기능을 제대로 사용할 기회가 생겼다.

방과 후 담임선생님의 종례가 끝나자마자 이만지와 조동호가 내게 다가왔다.

"따라와."

이만지는 양손과 코에 깁스를 하고 얼굴 곳곳에 반창고를 붙인 불쌍한 몰골이었다.

조동호는 이만지보다는 조금 나았지만 얼굴은 아주 아작이 나 있었다.

난 순순히 자리에서 일어났다.

그러자 논다는 애들이 우르르 몰려와 내 주변을 감쌌다. 개중에는 신지혜도 껴 있었다. 신지혜는 주변 눈치를 살피더니 내게 귓속말을 했다.

"지금이라도 토끼지?"

얘가 사람 걱정해 주는 것 보면 그냥 막 정신 나간 애는 아닌 모양이다. 난 대답 대신 고개를 살짝 내저었다.

"맘대로 해라. 상황 벌어지면 난 그냥 팔짱 끼고 구경할 거다. 분명히 말했다. 그래도 뭐, 너무 위급 상황이 벌어지는 것 같으면 먹을 거 던져줄게. 너 먹을 때 건드리면 괴력 발휘하잖아."

신지혜는 진심으로 하는 말이었다. 웃기려고 하는 말도, 놀리려고 하는 말도 아니다. 신인류를 발견한 것 같다. 연구 대상감이다.

"이야, 재밌겠다~"

내가 노는 녀석들 사이에 갇혀 교실 밖으로 나가려는 와중이었다. 뒤에서 지동찬이 이죽거렸다. 옆에 있던 김태하는 그저 내게 조롱하는 시선을 던질 뿐이었다.

"이따 연락 꼭 해라, 만지야. 구경 갈 테니까."

"응, 알았어."

그때였다.

띠링.

김태하와 지동찬, 그리고 내 던전 레이더에서 알림음이 울렸다.

"어? 콜 떴다. 수락."

두 녀석이 동시에 수락 버튼을 눌렀다.

당연한 얘기지만 난 누르지 못했다. 내 던전 레이더에서 알림음이 울렸다는 것 역시 누구도 눈치 못 챘다. 내가 비욘더일 거라고는 생각지도 않을 테니 당연한 일이다.

김태하는 씩 웃었고, 지동찬은 고개를 절레절레 저었다.

"아 진짜. 태하야, 네 운빨은 따라갈 수가 없다. 어떻게 반타작이나 하냐. 난 반의반도 못 주워 먹겠는데."

김태하는 콜을 받았고, 지동찬은 받지 못한 모양이다. 이래서 순발력이 필요하다. 콜이 뜨자마자 수락 버튼을 누른 여러 명의 비욘더 중, 가장 빨랐던 이들에게만 기회가 주어진다.

"요새 던전 자주 열리잖아. 오늘 하루 중에 한 번 이상은 더 들어올 테니까, 그때 잘 잡아봐."

"쩝, 그래야지."

"던전은 같이 갈 거지?"

"당근. 입구에서 기다릴 테니까 갔다 와서 전리품 환전하면 술이나 마시자."

"좋지."

"솔플이지?"

솔플.

솔로잉 플레이의 줄임말이다.

비욘더들이 던전을 혼자 돌 때 저런 식의 표현을 쓴다.

"아니."

"파티라고? 1레벨 던전인데?"

"공지 못 봤냐? 요새 변종 던전 때문에 1레벨 던전도 솔플은 허가 안 떨어져. 같은 1레벨 비욘더는 최소 세 명, 2레벨 이상 비욘더가 섞여 있으면 최소 두 명 이상으로 파티 매칭해서 들어가야 돼."

"오~ 그런 거야? 누구랑 파티 됐냐?"

"류시해."

류… 시해?

그 미친 어릿광대?

"아, 알아! 5인의 초신성 중 한 명이라던 것 같은데. 근데 그 새끼 완전 돌아이라는 소문이 많던데, 괜찮겠어?"

"내 앞에서 누가 설쳐? 뒤질라구."

"크흐흐. 하긴 그렇지. 얼른 가자, 태하야."

두 녀석은 소풍이라도 가는 것처럼 시시덕거리며 창문으로 뛰어내렸다.

그 광경을 본 교실 안의 노는 녀석들이 환호성을 내지르며 박수를 쳐댔다.

무슨 영웅을 배웅하기라도 하는 모양새다.

"아, 졸라 멋있네."

이만지가 선망의 눈빛을 하고선 중얼거렸다. 내가 그런 이
만지의 옆구리를 툭 쳤다.

"빨리 가자, 친구야. 너무 지루해서 깜빡 잠들 뻔했지 뭐니.
하하하."

국어책 읽는 톤으로 감정 없이 얘기했더니 이만지가 미간
을 와락 구겼다.

"…미친 새끼."

"하하하하하하."

"그만 웃어!"

"하하하하하하하하하하하하."

"아오, 씨발. 따라와, 개새야."

그래, 얼른 가자.

너희들 무덤 자리로.

아, 그 전에… 류시해를 만나게 될 김태하에게 묵념을.

*　　　　*　　　　*

날 옥상으로 끌고 간다던 이만지와 조동호는 교실 밖으로
나가자마자 반대 방향으로 떨어져 움직였다. 내 주변에 몰려
있던 녀석들도 한 놈만 빼고 이리저리 바쁘게 흩어졌다.

이것들이 뭐 하는 거야?

어리둥절해하고 있는데 마지막까지 곁에 남아 있던 놈이 내

게 귓속말을 했다.

"쭉 가다가 복도 끝 계단에서 아래층으로 내려가."

옥상은 위에 있는데 아래층으로 가라고? 우선은 시키는 대로 했다.

나는 아래로 내려갔는데 녀석은 다른 곳으로 사라졌다. 계단을 내려오니 그곳에서 서성대던 또 다른 녀석 하나가 내 곁에 달라붙었다.

그놈도 우리 반 날라리 중 하나였다.

"중앙 복도에서 아래층으로 내려가라."

이번에도 시키는 대로 했다.

마찬가지로 이놈도 내가 내려가자 다른 곳으로 사라졌다. 그리고 다른 녀석이 나타나 곁에 붙었다.

같은 상황을 몇 번 반복하다 보니 어느새 교문을 나서고 있었다.

교문에서 날 맞이한 건 조동호였다.

"끝까지 도망 안 가네?"

조동호가 조금 어이없다는 투로 말했다.

내가 더 어이없다, 새꺄.

"너희들 무슨 첩보물 흉내 내냐? 옥상으로 따라오라더니 번갈아가면서 지령이나 내리고 뭐 하는 짓거리야? 시간 아까우니까 심플하게 하자, 좀."

조동호는 대꾸하지 않고 마냥 걸었다.

난 녀석을 따라갔다. 근데 뒤통수가 여간 따가운 게 아니었다. 주변을 둘러보니 날 교문까지 안내했던 우리 반 날라리들이 여기저기에 보였다. 전부 멀리 떨어져서 조동호의 일행이 아닌 척했다.

이제야 알겠다.

옥상으로 따라오라고 소문냈던 것 자체가 페이크였다.

지금이 쌍팔년도도 아니고 옥상에서 푸닥거리를 했다간 금방 들키게 마련이다. 물론 선생들은 체벌을 하지 않는다. 하지만 불량 서클에서 학생 한 명을 조졌다간 벌점을 크게 먹고 정학 내지는 퇴학 처분을 당할 수도 있는 일이다.

인생 막 사는 것 같아 보이는 녀석들임에도 졸업장은 받고 싶었던 모양이다.

아니면 불량 서클의 리더, 황만웅이 무사히 졸업을 해야만 하는 입장이든가.

이런 불량 서클들은 보통 리더의 입장을 따르게 마련이다.

조동호가 날 끌고 간 목적지는 근처의 산속 공터였다.

이만지는 산 초입에서 합류했다. 멀리 떨어져서 쫓아오던 다른 놈들도 산 초입에서 우르르 몰려들어, 다시 처음에 날 포위했던 대형으로 돌아갔다.

신지혜도 보였다.

신지혜가 마지막까지 내게 눈으로 신호를 보냈다.

'도망가, 멍청아.'

어떻게 신호를 보내면 그 속에 담긴 욕까지 읽을 수 있는 건지 모르겠다.

난 빙그레 웃었고 신지혜는 고개를 절레절레 저었다. 포기한 거다.

"다 왔다."

이만지가 말하며 앞을 터주었다.

그러자 황만웅의 모습이 보였다. 녀석의 뒤로 불량 서클 갱의 인원 마흔 정도가 질서 없이 서 있었다.

자, 지금부터 녹화 들어간다.

아무도 모르게 던전 레이더의 녹화 버튼을 눌렀다.

순간 던전 레이더의 측면에서 모래알만 한 부품 하나가 튀어나와 하늘로 솟구쳐 올랐다.

저것의 이름은 블랙윙(Black Wing).

초파리의 형상을 한 초소형 카메라다.

이제 블랙윙은 하늘에서 모든 영상과 소리를 저장할 것이다.

다행스럽게도 블랙윙의 존재에 대해 눈치챈 녀석은 없었다.

"오느라 고생 많았다."

황만웅이 말했다.

"여기까지 끌고 오느라 너도 고생 많았다."

내가 태연하게 받아쳤다. 그러자 황만웅의 뒤에 서 있던 녀석들이 험악하게 인상을 구겼다. 반면 황만웅은 코웃음을 쳤다.

"적당히 까불어, 새끼야."

"너도 말 적당히 해. 어차피 한판 붙을 거면 시간 끌지 말고 빨리 해결하자."

"너 얼마 전까지 찐따 취급 당하던 놈 맞냐?"

"그랬었지."

"보통 이 정도 배짱이 있으면 그런 일 안 당할 텐데? 왜 굳이 그 따위 병신 같은 짓거리를……."

"아, 말 좀 그만하고 얼른 시작하자, 병신아."

"뭐?"

드디어 황만웅의 눈썹이 꿈틀거렸다.

"나 하나 잡으려고 니네 애들 다 끌고 와서 이게 뭐 하는 짓이냐? 이미 너희들은 쪽 팔릴 만큼 팔릴 짓 한 거야. 찐따였던 동급생 하나 못 잡아서 이 짓을 벌여?"

"미친 새끼야. 너 나 누군지 모르냐?"

"모르겠냐? 황만웅. 익환고 입학하고 반년 만에 이, 삼 학년 양아치 선배들 다 때려잡은! 희대의 양아치지."

"아… 나, 저 개새끼가!"

황만웅이 소리를 버럭 질렀다.

그에 공터에 있던 다른 녀석들이 놀라서 황만웅의 눈치를 살폈다. 태연한 건 나뿐이었다.

"병신. 쪽팔려."

…아니다. 신지혜도 전혀 쫄지 않았다.

그녀는 내 옆으로 와 내게 딱 붙어 서서 나만 들릴 듯 조용한 목소리로 소근거렸다. 황만웅 패거리의 치졸함에 환멸을 느낀 모양이다. 한데 이런 광경 한두 번 보는 것도 아닐 텐데? 저렇게 싫으면 애초에 왜 어울려 다니는 건지 모르겠다.

"저 새끼, 조져!"

황만웅이 소리쳤다.

와라, 새끼들아.

일단 몇 대는 맞아주마… 라고 생각하는 와중 이상한 광경이 펼쳐졌다.

내 주변에 있던 여학생 두 명이 지혜의 팔을 한쪽씩 잡고 멀리 물러났다.

한 명은 이름이… 그래, 이혜미! 이혜미였고 다른 여학생은 강미라였다.

"혜미야? 미라야? 뭐 하는 거야? 이거 놓지? 나도 발 있거든?"

"닥쳐, 쌍년아."

짝!

말을 하며 이혜미가 신지혜의 뺨을 올려붙였다.

신지혜는 비명도 지르지 않고 강미라에게 잡혔던 팔을 우악스럽게 빼내더니 이혜미에게 얻어맞은 걸 그대로 돌려주었다.

짝!

"악!"

이혜미의 고개가 옆으로 획 돌아갔다. 그러자 강미라가 신지혜의 머리채를 낚아챘다. 신지혜도 강미라의 머리채를 잡았다. 둘이 엉겨 붙는 사이 이혜미가 다가와서 신지혜의 허리를 잡고 떼어내 바닥에 팽개쳤다.

"윽!"

널브러진 신지혜를 이혜미와 강미라가 다시 양팔을 포박해 일으켜 세웠다.

그때 누군가의 스마트폰이 울렸다. 황만웅의 것이었다. 녀석이 액정을 슬라이드했다. 그러자 액정에 어디서 봤었던 것 같은 건물 내부가 나타났다.

난 거기가 어디인지 곧 알 수 있었다.

신지혜의 어머니 가게였다.

"어?"

신지혜가 놀라서 눈을 크게 떴다.

"우리 엄마 식당이잖아?"

황만웅이 씩 웃었다.

"이거 영상통화거든. 지혜야, 지금 니네 엄마 식당에 애들 네 명 풀어놨다."

"뭐 하는 건데, 황만웅?"

신지혜의 눈이 표독스러워졌다.

"개 같은 년아. 네가 뒤에서 저 찐따 새끼랑 은근히 붙어먹고 다니는 기 모를 줄 일있어?"

"뭐?"

"루아진. 지금부터 손가락 하나 까딱하면 지혜네 식당 개난 장판 된다. 그리고 지혜 저년도 오늘로서 처녀 딱지 떼는 거 야. 알았냐?"

뭐라고 해야 할지 모르겠다.

이 미친 쓰레기 새끼들이 나 하나 잡자고 벌인 짓에 열이 올라 돌아버릴 지경이다.

"나 하나 잡자고 일을 이렇게까지……."

"조금 전에도 비슷한 말 했었지? 너 하나 잡자고 이런 짓 벌 였으니 쪽 다 팔린 거라고? 그게 뭐? 병신아. 난 그딴 거 신경 안 써. 그래 사실 너 같은 새끼 그냥 대충 밟아버리면 그걸로 끝이야. 그런데 왜? 왜 굳이 이렇게 귀찮은 일을 벌이겠냐?"

황만웅이 비린 미소를 머금었다.

"재미있잖아."

*   *   *

비욘더 길드 춘천 지부.

차서린에게 쉬는 시간은 없었다.

비욘더나 거래 업체 직원이 찾아오지 않아도 계속 테이블 에 앉아 모니터를 바라봐야 했다.

길드 마스터는 사무직을 처리하는 것 외에, 또 다른 중요한 임무가 있기 때문이다. 그것은 블랙윙을 통해 녹화되는 영상을 모니터링하는 것이다.

이미 녹화된 영상이 아니다.

현재 녹화되고 있는 영상이다.

블랙윙의 녹화 영상은 실시간으로 각 소속 지부의 길드 네트워크로 자동 전송된다.

한데 왜 이 영상을 감시해야 하는가?

비욘더가 녹화 기능을 켰다는 건 곤란한 상황에 처했을 가능성이 높다는 뜻이기 때문이다.

곤란한 상황의 대부분은 민간인이 먼저 시비를 걸었을 때다.

물론 그냥 개인적인 취미를 위해 좋아하는 영상을 담으려고 녹화 기능을 켜는 경우도 있었다.

어찌 되었든 차서린은 그런 영상들을 출근해서 퇴근하기 전까지 봐야 했다.

현재도 세 개의 영상이 동시에 신호를 보내왔다.

개중 하나는 지나가는 길고양이를 녹화하고 있었다.

"대체 던전 레이더를 뭐라고 생각하는 거야? 고양이 영상 이거 또 문백경이지? 하여튼 고양이 성애자 같은 새끼."

말은 그렇게 하면서 길냥이를 지켜보던 차서린의 양 볼은 발그스레 물들었다.

차서린은 다른 영상을 확인했다.

—아, 아앙! 자기야!

—헉헉!

"이 빌어먹을 연놈들이!"

차서린이 얼른 영상을 껐다.

"대낮부터 뭐 하는 짓거리야!"

쾅!

그녀의 주먹이 테이블을 세게 내려쳤다.

아무래도 거사를 치르다가 실수로 녹화 버튼을 누른 모양이었다.

차서린은 부러워서 화내는 게 아니라고 자기 스스로를 달랜 뒤, 마지막 영상을 틀었다.

그것은 루아진의 영상이었다.

"……"

마침 영상을 보기 시작한 타이밍이 루아진이 숲 속 공터에 도착해 얼마 지나지 않은 시점이었다.

한참 동안 집중해서 영상을 지켜보던 차서린의 눈에 황만웅이 든 스마트폰이 들어왔다.

차서린이 화면을 클로즈업했다.

스마트폰 속의 영상이 더욱 명확히 잡혔다.

한참 동안 황만웅이 지껄이는 얘기를 듣던 차서린의 눈동자가 차갑게 가라앉았다.

화면 속에 등장한 식당, 어딘지 잘 아는 곳이다.

차서린이 자주 찾던 순댓국집이었다. 그녀는 거기 단골이었다.

차서린이 벌떡 일어났다.

마침 비욘더 한 명이 전리품을 들고 길드로 들어섰다.

"아, 마스터 차. 오늘은 제법 많이 잡았……."

"남지혁 씨."

"네?"

"잠깐만 길드 좀 봐줘요."

"갑자기 왜……?"

"밟아 죽여야 할 바퀴벌레 새끼들이 있어서요."

차서린이 활짝 웃었다. 눈은 웃고 있지 않았다. 남지혁은 생각했다.

'지금 건드리면 죽는다.'

그가 마른침을 꿀꺽 삼키며 고개를 끄덕였다.

차서린이 문을 쾅! 걷어차고 밖으로 나갔다.

그녀가 지체 없이 순댓국집으로 향했다.

그녀의 머릿속엔 오로지 한 가지 생각밖에 없었다.

'개자식들이 내 지부 소속 비욘더를 건드려?!'

*　　　*　　　*

"학생들, 주문 안 할 거야?"

김유경은 한 테이블에 둘러앉은 네 명의 학생에게 물었다.

식당에 들어온 지 10분이 지났는데도 음식 주문은 안 하고 제들끼리 시시덕거리고 있었다.

딱 봐도 질이 좋아 보이진 않았다.

하지만 겉모습이 불량하다고 속까지 막돼먹은 건 아니다.

저런 아이들일수록 더욱 사랑의 손길이 필요하다고 생각했다.

김유경의 딸, 신지혜도 한때는 걷잡을 수 없을 만큼 삐딱선을 탔었다.

지금도 바르게 산다고 할 수는 없다.

그러나 앞뒤 없이 막 나가던 예전에 비하면 적정선을 지키려 노력하고 있다.

모두 김유경이 매를 버리고 사랑으로 대하면서 생긴 변화였다.

"학생들~"

김유경이 다시 학생들을 불렀다.

하지만 그들은 김유경의 말을 들은 척도 않고 어딘가로 전화를 걸었다.

아무래도 갈 데가 없어서 괜히 여기 와 뻐기는 것이렷다 싶어 김유경은 순댓국 네 그릇을 불 위에 앉혔다.

돈은 받지 않고 그냥 내어줄 요량이었다.

그런데 학생들이 스마트폰으로 김유경을 비추고 있었다.

기분이 이상해 김유경이 이를 자세히 봤다. 스마트폰 안에는 어느 숲 속 광경이 보였다.

"학생들 뭐 하는 거야? 영상통화하고 있어?"

학생들은 여전히 대답 없이 그저 시시덕거렸다.

김유경은 의아함을 느끼며 스마트폰 속의 영상을 주시했다.

숲 속에는 여러 학생 몇 명이 다른 남학생 한 명을 둘러싸고 있는 광경이 보였다.

"어? 저 친구는……"

화면에 비추어지는 거리가 조금 멀긴 했지만 어렴풋이 얼굴을 알아볼 수는 있었다.

얼마 전 식당에 찾아왔던 지혜의 같은 반 친구였다.

액정에 비추어지는 화면이 옆으로 옮겨갔다. 순간, 김유경은 아찔함을 느꼈다.

그 안에는 여학생 두 명에게 양팔을 잡힌 자신의 딸이 있었다.

"지혜야!"

김유경이 저도 모르게 소리쳤다.

―엄마아!

스마트폰 너머에서 딸의 음성이 들려왔다.

"너희들, 지금 이게 뭐 하는 짓이야!"

김유경의 눈이 뒤집혔다.

카운터에서 넘어와 남학생들에게 달려들었다.

남학생들은 콧방귀를 뀌며 일어나 김유경을 제압했다.

두 놈이 팔 한쪽씩을 잡고 한 놈은 김유경의 앞에 서서 주먹을 말아 쥐었다.

남은 한 놈이 이 상황을 스마트폰으로 생중계했다.

―엄마! 엄마아! 하지 마, 이 미친 새끼들아!

신지혜가 목이 터져라 고함을 질렀다.

"놔줘! 우리 딸 놔줘!"

김유경도 계속해서 지혜를 놓아주라 악을 썼다.

그때 김유경의 앞에 서 있던 학생, 갱의 멤버이자 서열 3위인 최진수가 말했다.

"걱정 마요, 아줌마. 우리가 생각하는 그림대로만 일이 흘러가면 지혜도 아줌마도 아무 일 없을 거예요."

"그걸 지금 말이라고 하는 거니? 사람을 인질처럼 잡아놓고 아무 일 없을 거라고? 이미 이것 자체가 얼마나 큰일인지 몰라서 이래, 너희? 지금이라도 그만둬! 그럼 아줌마가 아무 일 없던 셈 치고 넘어갈게. 그리고 보아하니 지혜 친구한테 못된 짓 하려는 것 같은데 그것도 하지 마. 너희들 지금 잘못하고 있는 거야."

"아, 씨발. 뭐가 이렇게 앵앵대?"

최진수는 손을 펴서 김유경의 얼굴 앞을 아슬아슬 스치게 휘둘렀다.

―최진수! 하지 말라고, 개자식아!

신지혜의 고함이 다시 한 번 들려왔고.

짝!

―악!

이혜미가 그녀의 뺨을 올려붙이다.

"내 딸 때리지 마!"

김유경이 잡힌 팔을 뿌리치려 안간힘을 썼다.

"어우, 이 아줌마 힘이 왜 이렇게 세? 진수야! 안 되겠다. 얌전하게 좀 만들어!"

"아, 씨발. 어른한테는 주먹 안 쓰려 그랬는데."

―최진수! 개새끼야!

"한 대만 때릴게요, 아줌마."

최진수가 신지혜의 말을 무시하고서 김유경의 뺨을 때리려 하던 그때!

쾅!

엄청난 소리와 함께 식당 문이 벌컥 열렸다.

김유경과 네 학생들의 시선이 동시에 식당 입구로 향했다.

그곳엔 머리가 산발이 된 데다가 블라우스 단추를 서너 개는 풀어 헤친 채 구두를 한 손에 든 여인이 서 있었다.

차서린이었다.

김유경이 대번에 그녀를 알아봤다.

"예쁜 아가씨?"

"아줌마."

차서린이 말을 하며 구두 한 켤레를 휙 던졌다.

쏜살처럼 날아간 구두가 차서린을 붙잡고 있던 두 남학생의 안면을 정확히 가격했다.

쐐애애애액―! 퍼퍽!

"악!"

"으악!"

남학생 둘은 콧잔등을 움켜쥐고 주저앉았다.

둘 다 코뼈가 부러지며 쌍코피가 터졌다.

"내, 내 코!"

"뭐야 저 미친년! 아악!"

차서린이 흐트러진 머리를 모아 머리끈으로 묶으며 말했다.

"다른 데도 부러지고 싶지 않으면 아가리 닫아. 아줌마. 순댓국 하나만 끓여주세요. 그동안 쓰레기 정리 해놓을게요."

"벌써 네 그릇 엎어놨어요."

김유경이 얼떨떨한 상태에서 대답했다. 이 양아치들에게 공짜로 주려고 엎어놓은 순댓국이었다. 한데 이제 먹을 사람이 없어졌다.

"오케이. 내가 다 먹을게요."

차서린이 순댓국을 접수했다.

최진수가 차서린에게 달려들었다.

"이 쌍년이!"

"그 입으로."

차서린의 오른 주먹이 대포알처럼 튀어 나갔다.

뻐억!

"……!"

최진수의 얼굴이 그대로 뭉개졌다. 동시에 몸이 붕 떴다가 등부터 바닥에 떨어졌다.

퍽!

"컥!"

"내일부터 밥 씹을 생각 하지 마. 그리고 한동안은 사내구실도 하지 말고."

괴로워하는 최진수의 낭심을 차서린이 발뒤꿈치로 짓이겼다.

콰직!

"아악!"

최진수의 눈에 눈물이 고였다.

입과 코에서는 피가 줄줄 흘러내리고 있었다.

이 광경을 영상통화로 송출하고 있던 나머지 학생이 벌벌 떨었다.

차서린이 녀석에게 다가갔다.

놈이 뒤로 물러서다가 주머니에서 칼을 꺼냈다.

"오지 마, 씨발!"

차서린은 멈추지 않고 계속 다가갔다. 녀석이 칼을 휘두르는 순간.

턱.

"어?"

갑자기 품 안으로 파고들어 온 차서린이 멱을 잡고 그대로 들어 바닥에 메쳤다.

쾅당!

"끄어어……."

그는 숨이 턱 막혀 신음도 제대로 흘리지 못했다. 아울러 그가 갖고 있던 스마트폰은 차서린의 손에 들려 있었다.

아직 영상통화는 계속 이어지고 있었다.

차서린이 스마트폰을 보며 말했다.

"루아진! 상황 파악 끝났으니까 나 믿고!"

그녀의 눈매가 사나워졌다.

"조져 버리세요."

            *   *   *

─루아진! 상황 파악 끝났으니까 나 믿고! 조져 버리세요.

차서린의 음성이 스마트폰에서 흘러나왔다.

아진의 입술이 호를 그렸다.

조금 전까지만 해도 상황이 꼬여 있었는데, 차서린이 시원하게 풀어버렸다.

그녀가 어떻게 이런 상황을 알고 움직였는지, 그런 건 상관 없었다.

아진이 물었다.

"힘을 사용해도 됩니까?"

차서린의 대답이 들려왔다.

—죽이거나 병신만 만들지 않으면 얼마든지 합법으로 만들어 드릴 테니 마음껏 사용하세요.

—으악! 악! 끄악!

—그, 그만!

—아, 악마! 거기는 안 돼! 아아악!

—사, 살려주세요 아줌마!

—어머~? 아줌마? 누가? 내가? …씹어 먹어주겠어, 버러지들.

—끄아아아아아아아악!

황만웅이 미간을 찌푸리며 스마트폰을 집어 던졌다.

영상통화가 끊겼다.

"씨발, 병신 같은 새끼들이 그딴 일처리 하나 제대로 못 하고. 근데 찐따 너 이 새끼 재미있는 얘기 하더라? 뭐? 힘을 사용해? 하하, 이 새끼가 주먹 좀 쓰는 거 감추고 살았다고 기고만장해서!"

황만웅은 잔뜩 짜증이 났다.

자신이 그렸던 큰 그림이 무너졌다.

그는 아진이 그가 느낄 수 있는 최대한의 절망 속에서 허우적대기를 바랐다. 한데 그 최상의 광경은 물 건너갔다. 하지만 아직 차선이 남아 있었다.

황만웅이 이혜미와 강미라에게 잡힌 신지혜를 보며 말했다.

"저년 애미로 지지고 볶으려고 했는데 이제는 그냥 저년 가지고 일처리 해야겠다. 찐따, 주먹 풀어."

이혜미가 주머니에서 면도칼을 꺼내 신지혜의 뺨에 댔다.

"모션 취하는 순간 저년 얼굴 갈라진다."

"후, 너 진짜 안 되겠다."

"허세는, 병신이."

"소환, 꼬맹이."

아진이 4성 톤톤인 꼬맹이를 소환했다.

4성까지 성장한 꼬맹이의 키는 160 가까이 되었다. 하지만 몸놀림은 1성일 때보다 배 이상 빨라졌다.

꼬맹이는 아진이 무엇을 원하는지 대번에 알아채고 이혜미와 강미라에게 달려갔다.

놀란 이혜미가 면도칼로 신지혜의 얼굴을 그으려 했다.

하지만 꼬맹이의 움직임은 바람 같았다.

"토톳!"

꼬맹이가 두 여학생에게 원투펀치를 날렸다.

퍼퍽!

"꺅!"

"악!"

이혜미와 강미라는 이게 무슨 상황인지 정확히 인지하지 못한 채 톤톤의 주먹에 콧잔등을 얻어맞고 널브러졌다.

"뭐, 뭐야! 저 괴물은!"

"모, 몬스터다!"

꼬맹이의 등장에 공터에 있던 학생들이 혼란에 빠졌다.

여학생들은 비명을 지르며 이리저리 도망갔다. 몇몇은 남학생의 뒤로 냅다 숨었다. 하지만 남학생들 역시 놀라기는 마찬가지였다. 그나마 놀던 가락이 있던 녀석들이라고 쪽팔리지 않기 위해 버티고 섰으나 그게 전부였다.

평소 강단이 제법이라고 정평이 나 있던 황만웅 역시 심장이 덜컹거렸다.

그게 당연한 반응이었다.

몬스터다.

인류를 멸망 직전까지 몰아넣었던 몬스터가 눈앞에 있다.

이지스 실드 때문에 던전 밖으로 나오지 못한다고 알려진 몬스터가 지상을 활보하고 있다.

아진은 주변 반응을 즐기며 신지혜에게 다가갔다.

"지혜야, 놀랐지?"

신지혜의 시선은 그녀를 보호하듯 서 있는 톤톤에게 향해 있었다.

신지혜는 눈을 초롱초롱 빛내며 말했다.

"귀여워."

"뭐?"

"몬스터를 직접 보는 건 처음이야! 진짜 귀여워."

"안 무서워?"

신지혜가 고개를 도리도리 저었다. 그녀의 감성은 일반인들과 달라도 많이 달랐다.

"꼬맹아, 너는 지혜를 지켜."

"토토톳!"

"꺄아~ 토토톳이래!"

지혜가 꼬맹이의 뺨을 꼬집었다.

꼬맹이는 얼굴을 붉히며 헤헤 웃더니 뒷머리를 긁적였다. 아진이 그 광경에 실소를 머금고는 황만웅을 바라봤다.

녀석은 멍한 얼굴로 아진 일행을 쳐다보는 중이었다.

"만웅아. 오늘 네가 누굴 건드린 건지 제대로 알려줄게. 비욘더라고 들어봤냐?"

"…뭐?"

"사실 내가 바로 그 비욘더였거든. 능력은 몬스터 테이밍."

"무, 무슨……."

"소환, 블링이, 흰둥이, 타조, 예티."

파파파파팟─!

아진의 앞에 3성 링링 블링이, 3성 푸르푸르 흰둥이, 4성 루루 타조, 4성 듀라란 예티가 나타났다.

갑자기 몬스터가 넷이나 더 늘어나자 갱의 서클원들은 혼비백산했다.

여자들 중 몇몇은 게거품을 물며 기절했다.

가까스로 제정신을 차리고 있는 학생들도 다리가 후들거려 도망치지 못하고 주저앉았다.

그나마 남자 녀석들은 주변에 있는 나무 막대기 같은 것을 들고 싸울 태세를 취했다.

"타조, 혼내줘."

"우루루루루~"

타조가 크게 울며 수십 개의 날카로운 깃털을 쏘아 보냈다.

비수처럼 날아간 깃털들은 마흔이 넘는 서클원의 몸 곳곳을 베고 지나갔다.

교복이 찢기며 살이 도려져 피가 튀었다.

"악!"

"끄악! 내 팔!"

"꺄아악!"

여기저기서 비명과 함께 부상자가 속출했다.

그러자 남학생들이 너도 나도 몽둥이를 내던지고 도망치기 시작했다.

"예티!"

"듀라라라~"

아진의 부름에 예티는 도망가는 서클원들을 쫓아 배에다가 주먹을 한 대씩 박아 넣었다.

덩치가 크다고 아둔할 것이라 생각했다면 오산이다.

예티는 꼬맹이보다 빨랐다.

퍽! 퍽! 뻐억!

"악!"

"커허억!"

도망치던 십수 명의 남학생들이 예티에게 얼굴, 허리, 복부, 명치, 등등을 얻어맞고 뻗어버리자 더 이상 도망치는 이가 없었다.

"흰둥이도 놀아야지."

"라라랑~"

"이, 이 미친 괴물 새끼들!"

일방적으로 당하기만 하던 서클원 중 한 명이 돌멩이를 주워 들고 흰둥이에게 달려들었다.

'다들 쫄아서 그래, 씨팔! 흐름을 바꿔야 돼!'

녀석은 어떻게든 몬스터 하나만 조지면 흐름이 바뀔 거라 생각했다. 그래서 하얀 털만 보송보송 나 있는 흰둥이를 노렸다. 가장 만만해 보였다.

그가 흰둥이의 지척까지 다다랐을 때였다.

촤자작!

"…억."

흰둥이의 털 속에서 튀어나온 세 개의 촉수 중 두 개가 옆

구리 살과, 어깨 살을 물어뜯었고, 나머지 하나는 놈의 손에
서 돌을 빼앗아.

와그작.

부숴 버렸다.

"으… 으아악!"

기세 좋게 달려들던 놈은 파랗게 질려 뒤로 넘어갔다.

뜯겨나간 살에서 피가 줄줄 흘러내렸다.

"이, 이게 뭐야아!"

"마, 만웅아! 어떻게 좀 해봐, 씨발!"

"저, 저리 가! 오지 마!"

꼬맹이와 흰둥이, 타조, 예티가 사방에서 학생들을 포위한
채 다가가고 있었다.

그 대열에 블링이 합류했다.

한데 블링이 지나가는 길은 산성액으로 인해 자라난 풀과
바닥의 돌멩이들이 전부 녹아내렸다.

그 기절초풍할 광경에 서클원들은 하얗게 질리고 말았다.

"뀨우우~ 뀨우~"

블링이는 산책이라도 하듯 노래까지 흥얼거리며 몸을 질질
끌었다.

그냥 통통 튀기면서 갈 수도 있는 녀석이건만, 일부로 공포
분위기를 조성하는 중이었다.

불량 서클 갱의 서클원들은 이제 완전히 전의를 상실한 상

태였다.

모두 한곳에 모여 거리를 좁혀오는 몬스터들을 두려운 시선으로 바라봤다.

그때 아진이 나섰다.

그가 황만웅의 코앞까지 다가가 씩 웃으며 말했다.

"지금부터 불량 서클 갱을, 내가 박살 내놓을 거야. 그리고 특히 널, 완전히 갈아 마실 거다. 내 앞에 무릎 꿇고 머리 조아리면서 살려달라고 부탁할 때까지… 박살 낸다, 개자식아."

뻐억!

"억!"

아진의 주먹이 황만웅의 복부에 꽂혔다.

'뭐, 뭐야, 이거?'

황만웅의 눈이 튀어나올 듯 커졌다.

단지 주먹에 맞았을 뿐인데 쇳덩이에 가격당하는 듯한 고통이 느껴졌다.

그러고 싶지 않았는데, 숨이 턱 막히더니 허리가 구십 도로 꺾였다.

'이… 씨발.'

정신이 아찔하더니 다리가 풀린다.

조금만 방심하면 그대로 쓰러질 판이다.

그럴 순 없다.

뒤의 애들이 이 광경을 전부 보고 있다.

명색이 불량 서클 갱의 리더다! 익환 고등학교에서 들어와서, 아니, 그 전부터도 또래들에게 한 번도 진 적이 없었다! 그런데, 고작 한 대 얻어맞고 다리가 풀리다니?

쪽팔려선 안 된다.

어떻게든 무너지지 않으려고 발악을 하는데 야속하게 다리가 말을 듣지 않는다.

결국 그대로 허물어지려는데.

와락.

"크윽!"

아진의 손이 머리채를 휘어잡아 우악스럽게 들어 올린다.

혼이 반쯤 나간 황만웅의 얼굴에 아진이 자신의 얼굴을 가까이 들이댔다.

"아직 한 대밖에 안 때렸어, 만웅아."

아진이 빙긋 웃는다.

'아, 악마 같은 새끼.'

황만웅은 그때 악마를 보았다.

              *   *   *

퍽! 빠악! 콰직!

"으악! 컥! 끄으……!"

황만웅은 내 주먹에 아작이 나고 있었다.

갱의 서클원들은 자신들의 리더가 곤죽이 나는데도 감히 나서지 못했다.

내 펫들이 그들을 둘러싸듯 포위하고 있었기 때문이다.

조금이라도 모션을 취하는 순간 어떤 꼴을 당할지 모른다.

그들은 이미 펫들의 무서움을 톡톡히 경험한 이후였다.

역시 인간에게 가장 쉽게 각인되는 감정은 공포다.

덕분에 난 황만웅을 아주 신나게 두들겨 팰 수 있었다.

한데 이 녀석, 확실히 한 무리를 이끄는 우두머리감이긴 했다.

하도 맞아 얼굴이 다 부어터지고 일그러진 와중에도 주먹을 말아 쥐고 휘둘렀다.

"이익!"

그러나 맞을 리 없었다.

포스의 클래스가 오를 때마다 육신도 강해진다. 거기에 나는 바르반의 무투술을 기억하고 있다.

황만웅 정도는 펫의 힘을 빌릴 필요도 없이 순수하게 주먹다짐으로만 제압할 수 있다.

이미 난 일반인들과 실력을 견줄 레벨이 아니다.

게다가 아무리 날고뛴다 해도 어차피 고등학생.

남들과 치고받고 한 경험 역시 나를 따라올 수 없었다.

난 에스테리앙에서 매일같이 내 펫들과 실전 수련을 해왔다. 그 덕분에 심하게 다친 애들이 여럿이었지.

황만웅은 내게 얻어맞다가 틈이 나는 순간 계속 주먹을 휘둘렀다. 하지만 그게 전부다. 단 한 방도 내 몸에 닿진 않았다.

이제 그만 끝내야 할 때다.

픽!

"악!"

황만웅이 명치에 강력한 일격을 맞고 무릎 꿇었다.

여태껏 때리던 것보다 힘을 조금 더 실었으니 숨이 턱턱 막힐 거다.

"끄으으……."

난 쪼그려 앉아 녀석과 눈높이를 맞췄다. 그리고 뺨을 때렸다.

짝!

"큭!"

황만웅의 고개가 옆으로 확 돌아갔다. 이번엔 반대쪽을 때렸다.

짝!

그런 식으로 다섯 번을 더 때리고 난 뒤에야 황만웅에게 말했다.

"네가 무슨 짓을 벌였는지 알고는 있냐?"

"몰라… 씨발."

"아, 그래, 몰라? 그럼 그건 넘어가자. 근데 누굴 건드린 건지는 확실하게 알려줄게."

뻑!

"악!"

안면에 정통으로 주먹을 얻어맞은 황만웅이 뒤로 넘어갔다.

입과 코에서 피를 뿜는 녀석의 옆구리를 사정없이 걷어찼다.

퍽퍽퍽퍽퍽!

"끄아악!"

황만웅이 죽을 것처럼 고함을 지르며 데굴데굴 굴렀다.

그럴수록 내 발길질은 더욱 사나워졌다.

상황을 지켜보고 있는 서클원들의 공포가 피부로 느껴진다. 그 와중에 블링이는 공포 분위기 조성한다고 계속 서클원들 주변을 빙빙 도는 중이었다.

몸에 닿는 모든 것을 녹이면서.

"뀨우우~ 뀨우우우우~"

정체 모를 노래가 더욱 공포감을 일으킨다.

은근히 사악한 놈이다, 저거.

"크윽! 쿨럭! 너 씨발… 비욘더가 민간인을 패? 그것도 능력을 사용해서? 개새끼야, 넌 사형이야. 법정에서 사형선고 받게 해줄 거야, 내……!"

뻑!

"컵!"

"아 미안. 파리가 앵앵거리는 줄 알았는데, 네 입이었구나. 너무 세게 밟았지?"

"으아아……."

"근데 방금 뭐? 법정에서 사형선고? 좋아. 어차피 죽을 목숨 갈 데까지 가보자. 파이어 볼."

화르륵!

시전어와 함께 3클래스 화염 마법 파이어 볼이 구현되었다.

활짝 펼친 내 손바닥 위로 수박만 한 불덩어리가 나타났다. 그러자 황만웅의 몸이 파르르 떨렸다. 서클원들은 놀라 수군거리기 시작했다.

"마, 마법?!"

"매지컬 비욘더였어?"

"무슨 매지컬 비욘더가 몬스터를 길들여! 센서블 비욘더야!"

"그럼 저 마법은 뭔데?"

"그게… 아 씨발, 저 새끼 진짜 뭐……."

"토톳?"

저도 모르게 내 욕을 하던 서클원의 옆에 꼬맹이가 바짝 다가가서는 한 손을 귀에 대고 바짝 들이밀었다.

화들짝 놀란 서클원이 당장 입을 다물었다.

그러자 꼬맹이는 다시 말해보라는 듯 더욱 귀를 가까이 가져갔다.

"토토톳?"

"아, 아니야. 아무 말도 안 했……."

"톳!"

픽!

"크엑!"

거짓말한 대가! 욕한 대가다! 라고 외치는 듯했다.

꼬맹이의 주먹질에 턱을 맞은 서클원은 그대로 뻗었다. 이를 본 서클원들은 일제히 합죽이가 되었다.

짝짝짝!

"잘했어, 꼬맹이!"

"토토톳! 토토토돗!"

내 칭찬에 신난 꼬맹이가 팔딱팔딱 뛰며 좋아했다.

그러자 다른 펫들이 꼬맹이를 부러운 눈으로 쳐다보다가 이유 없이 서클원들을 두들겨 패기 시작했다.

픽! 퍼퍽! 빡! 퍼억!

"악!"

"끄악!"

"꺅!"

한 대씩 골고루 나눠 때린 펫들이 다들 기대하는 눈빛으로 날 바라봤다. 눈이 없는 녀석도 있었지만.

하여튼 저 녀석들 질투는 알아줘야 한다니까.

"잘 때렸어, 애들아."

여기서 칭찬 안 하면 나까지 두들겨 팰 기세다.

내 한마디에 펫들이 몸을 이리저리 너울거리며 춤을 춰댔다.

갑자기 얻어터진 서클원들은 원망스러운 시선을 펫들에게 던졌다.

"누가 내 애들한테 그딴 시선 던지래? 다 뒤지고 싶냐?"

서클원들은 여전히 허공에서 불타고 있는 파이어 볼을 보더니 얼른 눈을 내리깔았다.

"이유 없이 맞아서 억울해? 웃기지 마. 이미 너희들이 맞아야 할 이유는 쎄고 쎘어. 황만웅이 대표로 얻어터지는 걸 다행으로 생각해. 어쨌든 큰 그림은 전부 이 새끼 대가리에서 나온 거니까."

그런 말을 하다 문득 좋은 생각이 떠올랐다.

난 파이어 볼을 없애 버린 뒤 말했다.

"아! 그래. 여기서 의리 테스트 한번 해보자. 난 이 새끼 이 정도로 끝낼 생각 없거든? 더 팰 거야. 기절하면 깨워서 다시 팰 거야. 다음에 나랑 마주치기만 해도 오줌을 지릴 정도로. 그게 어느 정도일지 감이 안 잡히지?"

말미에 황만웅의 새끼손가락을 잡고 뒤로 당겼다.

두둑!

"아아악!"

황만웅의 손가락이 완전히 부러져 손등에 닿았다.

그걸 보던 서클원들의 얼굴이 파리해졌다.

"미안한데 나는 입만 산 놈이 아니거든. 자, 너희들이 그토록 위해주고 따라다니던 갱의 리더가 위기에 처했어. 대신 맞아줄 인간 있어? 아니, 한 열 명만 나와봐. 황만웅이 맞을 거 열 명에서 나눠 맞는 걸로 하자. 근데 다들 손가락 하나씩은 부러질 각오 해라. 딱 열 센다. 그때까지 의리 있는 새끼들 튀어나와. 하나. 둘. 셋."

난 천천히 열을 셌다.

황만웅은 은근히 기대하는 눈으로 한데 모인 서클원들을 바라봤다.

하지만.

"아홉. 열."

카운트다운이 다 끝날 때까지도 나서는 이는 없었다.

황만웅의 얼굴이 처참하게 일그러졌다.

"야, 야이… 이… 개새끼들아! 이 씨발년놈들! 개좆같은 새끼들! 다 뒤졌어, 좆밥새끼들이! 같이 어울려 다녀줬더니 이따위로 갚아? 쓰레기 같은 새끼들이 누구 때문에 어깨에 힘주고 다녔는데!"

"닥치고."

빠악!

"아악! 그만 때려, 씨발새끼야!"

황만웅은 바닥에 널브러져 일어서지도 못하면서 악을 써댔
다.

"싫은데."

뻑!

"켁!"

난 목을 걷어찼다.

황만웅이 몸을 잔뜩 웅크리고 바들바들 떨었다.

이후로 인정사정없이 구석구석을 짓밟았다.

퍽퍽퍽퍽퍽!

"이제 네 위치에 대해서 제대로 인지해. 우정? 의리? 너희들
사이에 그딴 거 없어. 봐봐. 너 대신해서 맞겠다고 나오는 놈
이 한 명이라도 있었냐? 그냥 네가 무서우니까 같이 다닌 거
야. 네가 네 사람들을 인간적으로 대해줬다면 또 모르지. 결
국 결정적인 순간에 너는 버림받은 거야, 새끼야."

"끄으으……."

황만웅의 정신이 외출을 나갈락 말락 한다.

이제 마무리 지어야지.

두둑.

"끄흐으!"

황만웅의 약지를 잡고 뒤로 꺾었다.

새끼손가락 옆에 나란히 등에 닿은 손가락이 하나 더 생겼
다.

"손가락 열 개 다 꺾고 난 다음, 널 어떻게 죽일지 생각해 볼게."

이번엔 중지.

두두둑!

"끄아아!"

"아, 그런데. 그 전에 네가 잘못했다고 다시는 안 그러겠다고 싹싹 빌면 멈출 수도 있어. 어차피 난 사형이잖아? 무서울 게 없거든."

말을 하며 검지.

두두둑!

"으악! 아아악! 그, 그만!"

"아니야. 틀렸어. 그건 부탁하는 자세가 아니야."

하나 남은 엄지.

빠득!

"끄아아아악! 제, 제발! 씨발!"

"욕하지 말고 새끼야."

반대쪽 손 새끼.

두두둑.

"끄흐으윽……! 그, 그만……!"

"그러니까 제대로 부탁하라니까? 공손하게. 예의 있게."

말을 하며 자연스레 약지를 움켜쥐었다. 그때였다.

"크흐흑! 끄흑! 자, 잘못했다."

"반말하지 말고."

두드득!

"끄아악! 자, 잘못했어요! 잘못했습니다! 다시는 안 그럴게요! 제발! 제발 용서해 주세요!"

드디어 원하는 대답을 들었다.

난 씩 웃으며 중지마저 꺾었다.

"아아아악!"

"그래, 지금이라도 사과했으니 받아들일게. 다행이네. 손가락 두 개는 건져서."

"끄흐윽! 흐윽… 으허엉. 흐어어어엉……."

황만웅이 바닥에 완전히 구겨져서 어린애처럼 엉엉 울었다.

그걸 지켜보던 여학생들도 훌쩍거리며 울었다. 황만웅을 동정하는 눈치는 아니었다. 눈물 날 정도로 겁을 먹은 것이다.

"와, 진짜 영화 같다."

내 뒤에서 조용히 상황을 지켜보던 신지혜가 드디어 한마디를 했다. 그녀의 눈에서도 동정의 여지는 보이지 않았다. 오히려 속이 시원하다는 얼굴이었다.

엄마를 인질로 잡으라 지시한 녀석이니 그럴 만도 했다.

난 서클원들에게 다가갔다. 그러자 녀석들이 바짝 얼어서 덜덜 떨기 시작했다.

자, 이제 어떻게 마무리를 짓는다?

짧은 고민이 채 끝나기도 전이었다.

"대체 이게 뭐죠?"

이 목소리가 이렇게 반가울 날이 오리라고는 생각도 못 했다.

"마스터 차."

기척도 느끼지 못했는데 지척까지 다가온 차서린이 날 쏘아봤다.

"이게 뭐냐구요."

"네? 아니… 능력을 써도 된다고 해서 쓴 것 뿐인데."

시키는 대로 했더니 이제 와서 왜 저런 말을…….

"능력을 썼는데 고작 이 정도밖에 못 해요?"

"…네?"

"더 화끈하게 조졌어야지."

차서린의 몸에서 냉기가 풀풀 뿜어져 나왔다. 입가에 차가운 미소가 내려앉았다.

그녀의 등장과 마지막 한 마디만으로 그 자리에 있던 모든 서클원이 완전히 제압당했다.

나를 볼 때보다 더 떨고 있었다.

이 여자, 카리스마 장난 아닌 건 인정해야겠다.

차서린이 서클원들을 바라보며 포근한 음성으로 말했다.

"이제 2라운드 들어가야지, 바퀴벌레들?"

…묵념.

　　　　　*　　　　　*　　　　　*

　결론만 얘기하자면 차서린은 신지혜를 제외한 모든 학생들을 엄청나게 두들겨 팼다. 주먹이 아닌 말로. 한 마디 한 마디 차마 입에 담지 못할 만큼 어마무시했다. 거의 저주에 가까웠다.

　서클원 중 한 명은 차라리 때려달라고 사정하며 그녀의 다리를 만졌다가 성추행죄로 고소하겠다는 말까지 들었다.

　이후 그녀는 황만웅에게 힐링 포션을 먹여 상처를 싹 치료해 주었다. 그리고 다시 때렸다. 나한테 얻어맞은 것보다 더 심하게 죽사발을 내났다. 그리고 또 힐링 포션을 먹여 치료해 주었다. 그다음엔 기절할 때까지 쥐어 팼다.

　그런 과정을 해가 질 때까지 반복했다.

　황만웅은 이제 그녀만 보면 정신 나간 사람처럼 굴었다.

　덩달아 내 얼굴을 봐도 귀신을 본 것처럼 화들짝 놀라 몸을 잔뜩 웅크렸다.

　그쯤 되어서야 차서린은 구타를 멈췄다.

　그리고 모든 서클원에게 말했다.

　"너희들 비욘더가 사람을 이렇게 패도 되는 건가 생각하고 있지? 하지만 우리는 너흴 팬 적이 없어. 왜? 다친 사람이 없잖아? 봐봐, 만웅이도 저렇게 멀쩡하고 너희도 멀쩡하잖니."

　결과만 놓고 본다면 사실이다.

차서린은 펫들에게 맞았던 서클원들까지 전부 힐링 포션으로 치료해 주었으니.

"우리가 때렸다는 증거는? 동영상 찍은 거 있어?"

없다.

나 역시 펫들을 소환하기 전까지만 영상을 녹화했다. 펫을 소환함과 동시에 블랙윙은 다시 회수한 터였다.

"그런데 너희들이 친구의 어머니를 인질 삼아 협박하고, 다수가 비욘더 한 명을 이런 곳으로 불러들여 집단 구타하려 했다는 정황은 전부 동영상으로 기록되어 있거든."

차서린이 품에서 태블릿을 꺼내 동영상 하나를 플레이시켰다.

어라? 내가 블랙윙으로 녹화했던 영상이다. 이걸 보고 여기에 찾아왔던 거구나. 순댓국집을 찾아갔던 것도 그래서… 잠깐, 그러면 내가 녹화하는 영상은 이 여자가 라이브로 감시할 수 있는 거야?

전혀 몰랐다.

"비욘더가 일반인에게 능력을 사용하면 가중처벌받는 건 맞아. 그런데 감히 나라에서 애지중지하는 비욘더를 이유도 없이 아작 내려 했을 경우는 어떻게 될까?"

차서린이 씩 웃었다.

"그보다 더한 가중처벌을 받게 된단다?"

강렬한 굳히기!

서클원들은 하나같이 핏기가 사라진 얼굴로 차서린을 바라봤다.

"너희들 모두 정식으로 고소하겠어. 퇴학은 물론 내 소모품… 아니, 비욘더 및 그의 가족들에게 접근 금지 명령을 내리도록 할 거야. 이를 어길 시 4천만 원 이상의 벌금이나 10년 이하의 징역이 떨어진다는 사실쯤은 기본 상식으로 알 테지?"

…방금 저 여자 날 소모품이라고 한 거 맞지?

"각오해라, 바퀴벌레들."

차서린이 마지막 한 마디를 날리고서 뒤돌아섰다.

"저딴 녀석들은 박살 정도로는 안 된답니다, 아진 어린이. 개. 박. 살을 내야죠."

후반부 세 음절을 힘주어 끊어 뱉은 뒤 차서린은 미련 없이 사라졌다.

"후아."

마치 폭풍이 휩쓸고 간 것 같았다.

그녀는 짧고 임팩트 있게 사건을 정리했다.

이제 남은 마무리를 지으려 하는데.

오돌오돌오돌오돌.

펫들이 멀어져 가는 차서린의 뒷모습을 보며 한데 모여 떨고 있었다.

Taming 17
깨져 버린 이지스 실드

불량 서클 갱과의 일전이 있고 나서 한 달이 흘렀다.

갱이 나와 신지혜, 그리고 그녀의 어머니에게 행했던 행동은 법의 심판을 받게 되었다.

차서린이 장담했던 대로 갱의 서클원은 모두 퇴학당했다. 그리고 나와 신지혜 두 사람은 물론 가족에게까지 접근 금지 명령이 내려졌다.

게다가 한 명당 벌금 천만 원을 두들겨 맞았다.

그나마 아직 미성년자이기에 저 정도로 끝난 것이다. 한데 만약 접근 금지 명령을 어길 시, 그 안전끈마저 사라지게 된다.

하나 그럴 걱정은 없었다.

이미 나와 차서린에게 질릴 대로 질려 버린 녀석들은 알아서 근처에도 오지 않으려 했다.

한 달 동안 나는 학교에서 별다른 사고 없이 조용히 지낼수 있었다.

아무도 날 건드리지 않았다. 그리고 친해지고 싶어 하지도 않았다.

학교에 내 소문이 크게 부풀어서 났기 때문이다.

야산에서 맨주먹 하나로 갱의 서클원들을 십 분 만에 박살낸 괴물이라나? 마법에 능하고 주먹도 잘 쓰고 기이한 능력까지 다루는 잡종 비욘더라는 얘기도 돌았다고 한다.

전부 신지혜에게 들은 거다.

덕분에 난 오로지 나만의 시간을 가질 수 있었다.

한 달 동안 열심히 체력 단련을 하고, 던전 콜을 받을 때마다 토벌을 나섰다.

그러면서 새로운 비욘더들과도 인연을 쌓았다.

조금 아쉬운 건 그 많은 콜 중 이환을 다시 만나지는 못했다는 것이다.

류시해도 마찬가지였다.

난 여전히 3클래스였지만 내 펫들은 전부 5성으로 업그레이드했다.

이제 하나같이 듬직했다.

그중에서도 가장 마음에 드는 녀석은 역시 타조였다.

급한 일이 있을 때는 이 녀석을 타고 어디든 날아다닐 수 있었기 때문이다.

그 말은 곧 택시비가 굳는다는 것이다.

한 푼이라도 더 모아야 금방 부자 돼서 떵떵거리고 살지.

던전은 갈수록 점점 더 자주 열렸고, 변종 던전도 계속 늘어났다.

그만큼 내가 콜을 받아 뛰어 모은 돈도 덩치를 빠르게 불렸다.

통장에 저금되어 있는 액수만 1억 7천이 넘는다.

이제 슬슬 아버지에게 내 직업에 대해 얘기하고 경비원 일 그만두라고 해도 될 시기다.

아버지 직업만 생각하면 그 아파트에 사는 김태하가 필연적으로 떠오른다.

그 녀석은 내가 갱과 붙던 날, 콜을 받고 떠난 이후로 한 달 동안 학교에 나오질 않았다.

가끔 지동찬만 혼자 등교를 했다.

녀석은 별말도 없이 조용히 앉아 있다가 6교시 종이 치면 집으로 돌아갔다.

아무래도 류시해와 무슨 일이 있었던 모양이다.

궁금하긴 한데 친하지도 않은 지동찬에게 물어볼 정도는 아니었다.

'그러고 보니 지동찬이랑 김태하. 이것들도 손을 봐주긴 해야 하는데.'

김태하가 없으니 지동찬은 학교에서 거의 없는 사람처럼 행동했다. 그렇다 보니까 건드리기가 애매했다.

오늘도 김태하는 학교에 나오지 않았다. 지동찬도 결석이었다.

두 녀석이 빠진 데다가 갱의 서클원들도 전부 퇴학당에서 우리 반엔 빈자리가 제법 많았다.

반 분위기 흐리는 녀석들이 사라져서 교실은 늘 조용했다.

큰 사건 하나가 지나간 이후 신지혜는 늘 내 옆자리에 앉는다.

딱히 말을 걸거나 친근하게 다가오거나 하는 건 아니었다.

그럼에도 계속 내 옆을 고수했다.

6교시 수업이 다 끝나고 종례만 남은 시간.

스마트폰으로 웹툰을 보고 있던 신지혜에게 넌지시 불렀다.

"지혜야."

"싫어."

"…나 아직 아무 말도 안 했는데."

"말해봐."

"너 왜 계속 여기 앉아?"

"반에서 너랑 제일 친한 것 같아서."

그리고 보니 신지혜는 워낙 특이해서 일반적인 학생들과 어울리지 못했다. 아니, 스스로 어울리지 않는다는 게 더 정확한 표현이려나?

그래서 노는 애들 무리에 껴서 다녔는데 그중 반이 퇴학당했다. 나머지 반은 내가 무섭다고 전학을 가버렸다.

그 바람에 신지혜가 어울릴 친구가 없었다.

"그냥 다른 애들하고도 친하게 지내보지 그러냐."

"싫어. 재미없어."

"그럼 난 재미있고?"

"넌 존재 자체가 특이하니까. 그냥 가만히 있어도 다른 애들보다는 재미있어."

그때 선생님이 들어와 종례를 마쳤다.

신지혜는 종례가 끝나자마자 가방을 들고 부리나케 교실을 나섰다. 어째 평소보다 더 서두르는 모습이었다. 뭔 일이 있나 싶었지만 굳이 쫓아가 묻지는 않았다. 아니, 물을 수 없었다.

띠링―

콜이 떴기 때문이다.

―위치 : 구봉산 텐플레이스 앞 도로

―감지되는 몬스터 레벨 : ???

―콜을 받으시겠습니까? [Yes/No]

난 얼른 수락 버튼을 눌렀다.

"받아라. 받아라. 받아라."

주문처럼 그 말만 계속한 결과, 내게 콜이 떨어졌다.

그런데 잠깐.

왜 감지되는 몬스터 레벨이 물음표로 뜨는 거야?

의아함을 느끼고 있자니 파티 매칭 메시지가 떠올랐다.

―콜을 동시에 받은 비욘더가 아홉 더 있습니다.

―비욘더들의 이름은 '설소하', '이환', '밴디지', '지동찬', '남지혁', '김주혁', '민아림', '류시해', '독고진'입니다. 던전 입장 전에 파티 매칭된 비욘더의 신원을 확인하기 바랍니다.

뭐야?

파티가 아홉 명?

게다가 한 명 한 명 이름을 곱씹다 보니 5인의 초신성이 전부 파티 매칭되어 있었다.

전격의 이환. 광휘의 민아림. 버서커 독고진. 지옥상인 밴디지. 그리고 매드 피에로 류시해.

이환과 류시해는 이미 만나본 이들이다.

민아림은 듣기로 독보적인 치유 능력을 사용하는 센서블 비욘더라고 한다.

물론 마법 중에서도 치유 마법이란 것이 있다.

하지만 민아림은 치유 마법의 위력을 훨씬 넘어서는 '치유 능력'을 지녔다고 한다.

현재 3클래스로, 3클래스 마법사가 각성한 치유 마법보다 세 배는 강력한 힘을 발휘하니 파티 매칭되었을 때 든든한 존재다.

버서커 독고진은 피지컬 비욘더다. 그는 민첩성이 일반 피지컬 비욘더보다 떨어지는 대신 어마어마한 파괴력을 자랑한다. 게다가 몸이 강철처럼 단단해서 어지간한 몬스터의 공격은 그냥 무시해도 될 정도라고 한다.

마지막으로 지옥상인 밴디지.

이 비욘더는 춘천 지부에 등록된 비욘더 중 피치 못할 개인 사정으로 유일하게 가명을 쓰는 비욘더다. 들리는 소문에는 온몸을 붕대로 친친 감고 있기에 그의 얼굴을 본 자는 한 명도 없다고 한다. 게다가 워낙 과묵해서 그의 목소리를 들어본 사람은 없단다. 일각에는 벙어리라는 소문도 나돈다.

밴디지는 센서블 계열의 능력자다.

그의 능력은 파티 매칭을 해본 비욘더들이 말하길 라이프 스틸, 즉 생명 흡수라고 했다.

그게 사람에게도 가능한지는 모르지만 몬스터에게는 확실히 가능하다고 한다.

아무튼 이래저래 베일에 싸여 있는 비욘더다.

한데 그 다섯 명보다 더 신경 쓰이는 이름이 하나 있었다.

'설소하.'

조금 여성스러운 억양이지만 그는 완연한 남자다. 그것도 아주 청학동스러운 남자라는 소문이 있다.

나도 아직까지 직접 본 적은 없다.

하지만 그에 대해 아는 이유는 그가 5인의 초신성과는 비교도 안 될 정도의 유명인이기 때문이다.

설소하는 대한민국 전역에서 가장 강하다는 100인의 비욘더 중 한 명이다.

춘천에는 100위권 안에 있는 비욘더가 셋이나 존재한다.

그 세 명만 두고 따지자면 설소하는 가장 하위권이긴 하다. 그래도 100위 안에 들었다는 게 어디인가.

나름 대단한 실력의 소유자인 것이다.

'뭐, 그 100위권 안에 이름을 올린 비욘더 중에서도 십존과 나머지 구십 인의 실력 차이가 너무 많이 나긴 한다지만.'

십존은 상위 열 명을 지칭하는 말로, 그 안에서 또다시 삼황과 칠왕으로 나뉜다.

삼황, 즉 세 명의 황제라는 뜻으로 서로 실력이 비슷한 최상위 세 명의 비욘더를 지칭한다. 칠왕은 그 밑 서열의 일곱 비욘더를 가리킨다.

그들 열 명, 십존은 가히 타의 추종을 불허하는 독보적인 비욘더라고 정평이 나 있다.

'계속 성장해 나가다 보면 언젠가는 내 이름도 십존에 오르

게 되겠지.'

그래야 돈을 많이 벌어 떵떵거리고 살겠다는 목표도 이룰
수 있을 테고.

왜?

지금 이 세상에서 가장 돈을 많이 버는 건 십존이니까.

몬스터가 판을 치는 세상이다.

강한 몬스터에게서 얻은 전리품일수록 더욱 고가에 팔린
다. 당연한 얘기지만 강한 몬스터를 잡으려면 클래스가 높은
비욘더가 되어야 한다.

몬스터들의 전리품이 비싸게 팔리는 건 그것이 놈들에게
걸린 현상금을 타내기 위한 증명 수단이기도 하며, 동시에 무
기와 방어구를 만드는 제작 재료로 쓰이기 때문이다.

몬스터의 가죽과 뼈는 지구에서 도저히 구할 수 없는 특이
한 물질로 되어 있다. 개중 상등급의 상품 같은 경우 깃털처
럼 가벼우면서도 엄청난 방어력을 자랑한다.

뿐만 아니라 몬스터의 전리품은 힐링 포션이나 다른 계열
의 보조 물약으로 만들 수도 있었다.

해독 포션 역시 톤톤의 손톱에서 나오는 독극물을 분해해
재조합함으로써 만들어낸다고 한다.

지금도 전국의 수많은 웨폰 회사는 몬스터의 전리품으로
만들어낼 수 있는 보조 약품과 방어구, 무구, 액세서리들을
계속해서 연구하는 중이다.

'그러고 보니 나도 슬슬 장비에 신경 좀 써야겠는데.'

푸르푸르 퀸을 만나 죽을 뻔한 전적이 있는 입장이라 내 실력만 믿고 까불 수도 없는 노릇이다.

폭주령이 터지지 않았다면 분명 그때 나와 이환은 몬스터 밥이 되었을 것이다.

'생각난 김에 사야겠다!'

가뜩이나 받은 콜에 몬스터 레벨이 물음표로 표기되어서 신경 쓰이는 와중이다.

파티 매칭에 아홉 명의 비욘더가 떴다고 해도 안심할 수 없었다.

콜을 받은 다음 30분 이내로 목적지에 도착하기만 하면 취소되지 않으니 여유 시간은 충분하다.

"소환, 타조."

내가 타조를 소환했다.

교실 창문 밖으로 5성까지 성장한 거대한 루루, 타조가 모습을 드러냈다.

"우루루~ 루……?!"

"야, 야! 타조! 날개! 날갯짓!"

그러고 보니 내 교실은 2층 건물에 있었다.

타조 이 녀석은 내가 설마 허공에서 자기를 소환할 줄 몰랐는지 아무 생각 없이 날개를 접고 나타났다가.

쾅!

"루루욱?! 꾸… 루루."

추락했다.

난 황급히 창문 밖으로 고개를 내밀었다.

바닥에 널브러진 타조가 반쯤 정신이 나가 헤롱거리고 있었다. 다행히 인명 피해는 없었고 타조도 심각하게 다친 것 같진 않았다.

"야! 괜찮냐?"

타조가 벌떡 일어서서 머리를 푸르르 털고는 힘차게 날갯짓을 해 날아올랐다.

녀석이 창가로 다가와 내게 올라타라며 고갯짓했다.

그 모습이 듬직하고 귀여워 나는 피식 웃…….

"꺄아악!"

"모, 몬스터야!"

"주, 주여! 저를 사탄의 시험에서 구원해 주시옵소서!"

아이 깜짝이야.

교실의 아이들이 난리가 났다.

"아, 미안. 너희들 나에 대해서 알고 있으니까 별로 안 놀랄 줄 알았는데."

한 달 동안 열심히 비욘더 생활을 하며 나에 대한 소문이 전교에 쫙 퍼진 이후였다.

그래서 아무 생각 없이 몬스터를 소환한 건데 소문으로만 듣던 거랑 직접 눈앞에서 몬스터를 보는 건 느낌이 많이 다르겠지, 아무래도.

난 애들이 더 놀라기 전에 얼른 타조의 등에 올라타서 목을 잡았다.

"가자, 타조!"

"우루루루~!"

타조가 바람을 가르며 시원하게 하늘을 비행했다.

*   *   *

한국에는 여러 개의 문파가 있다.

디멘션 임팩트가 시작된 그날 이후, 인간은 약육강식의 법칙 속에서 살아가게 되었다.

처음에는 화기류에 의존했다.

하지만 그것이 먹히지 않는 몬스터들이 등장하기 시작하면서, 스스로의 몸을 지키기 위한 생존 기술을 익히는 것이 절실해졌다.

문파들은 인간들의 필요에 의해 자연스레 생겨났다.

문파들의 설립 배경은 대부분 '몬스터를 사냥하자'가 아니다. '자기 몸을 지키고, 날렵하게 도망칠 수 있도록 단련하자'였다.

한데 그것이 점점 발전하고 비욘더들이 생겨나면서 각 문파들도 방어, 회피적 성향이 공격적 성향으로 바뀌기 시작했다.

이환이 속해 있는 가람파도 그런 문파들 중 하나였다.

하도 여러 문파가 우후죽순 나타나다 보니 덩치를 불리는 문파가 있는가 하면 소리 소문 없이 사라지는 문파도 많았다.

그리고 존폐 위기까지 갔다가 전혀 다른 방식으로 기사회 생해서 살아남은 문파도 있었다.

온누리파가 바로 대표적인 경우였다.

그들은 한때 마루, 가람, 나래, 한울, 이든파와 함께 한국에서 가장 잘나가는 6대 문파 중 한 곳이었다. 그러나 다른 문파들이 고유의 무술을 발전시켜 나가는 와중 온누리파는 이렇다 할 도약이 없었다.

온누리파에서 내세울 수 있는 건 사실 뛰어난 무예보다 여러 가지 병장기를 자유자재로 다룰 수 있는 재주였다.

하지만 무예인들에게는 그런 잡기보다 한 가지에서라도 깊이가 있는 무예가 더 필요했다. 그렇다 보니 자연스럽게 도태의 과정을 밟아나갔고 문파가 사라질 위기에 처했다.

그때 온누리파가 이판사판으로 던진 최후의 한 수는 바로 웨폰 사업에 뛰어드는 것이었다.

세상 어느 문파도 온누리파만큼 병장기에 대한 이해가 해박하지 않았다. 그 지식을 몬스터들의 전리품으로 만드는 병장기와 부합시키면 제법 그럴듯한 물건들이 나오지 않을까 싶었던 것이다.

도박은 성공했다.

온누리파는 당시 영세했던 웨폰 회사 '시드(Seed)'사와 손을 잡았고 5년 만에 시드사의 덩치를 열 배 이상 불려줬다.

이후 시드사는 온누리파와 완전히 병합해 '누리시드'라는 회사로 재탄생했다.

현재 누리시드는 한국의 웨폰 회사 중 세 손가락 안에 드는 거대한 회사로 자리 잡았다.

내가 지금 찾은 웨폰 매장도 누리시드에서 운영하는 곳이었다.

이 회사의 물건은 가격 대비 성능이 월등히 뛰어난 건 아니지만 불량이 거의 안 나오고 잔고장도 별로 없다. 한마디로 가장 안정적이라는 얘기다.

일단 방어구 코너를 둘러봤다.

전신 갑주는 패스. 몸 전체를 감싸 안으니 안전하긴 한데 그에 비례해서 기동성에 제약을 받는다. 아직까진 기동성을 살려주는 전신 갑주는 만들어지지 않았다.

'아무래도 가장 중요한 건 상반신이지.'

다리나 허벅지 정도는 조금 뚫리거나 다쳐도 힐링 포션으로 치료하면 된다. 한데 심장은 뚫려 버리면 그럴 여유도 없이 그냥 골로 간다.

상갑이 모여 있는 매대를 살피다가 마음에 드는 놈 하나를 집었다.

조끼 형태의 갑옷으로 신축성이 뛰어나고 가벼우면서도 엄청난 경도와 강도를 자랑한다는 설명 문구가 보였다.

조끼를 만드는 데 들어간 재료는 푸르푸르의 털과 4레벨 몬스터 팡시아의 피라고 적혀 있다. 그래서 그런지 갑옷은 붉은색을 띠고 있었다.

갑옷의 이름도 푸르시아였다.

'어디 보자, 가격이… 2,200만 원.'

하아, 역시 비욘더들의 장비는 비싸다.

하지만 목숨값이라고 생각하면 못 살 것도 없다. 게다가 2,200만 원 정도는 던전 두어 번 돌면 금방 벌 수 있다.

난 푸르시아를 카트에 담고 계속 매장을 돌았다.

$$*\qquad*\qquad*$$

"총 6,280만 원 되겠습니다."

결국 누리시드에서 상갑 푸르시아와 스케라 건, 스케라 소드를 구입했다.

카드로 금액을 일시불 결제한 뒤, 구입한 장비를 착용했다.

스케라 건과 스케라 소드는 스케라라는 뼈다귀 형태의 4레벨 몬스터로 만든 무기다.

스케라의 뼈는 상당히 단단하다.

그것으로 제작한 권총 모양의 스케라 건은 마법을 중첩시켜 배가된 위력으로 발포하는 살상 무기다.

쉽게 얘기해서 파이어 볼을 시전한다고 할 경우, 그것이 가지는 위력은 한정되어 있다. 하지만 스케라 건에는 파이어 볼을 중첩시킬 수 있다.

스케라 건을 손에 쥐고 파이어 볼을 시전하면, 파이어 볼은 허공에 생성되는 게 아니라, 응축되어 스케라 건 안으로 들어간다. 그 상태에서 한 번 더 파이어 볼을 시전하면, 이 역시 스케라 건 안으로 들어가 두 개의 파이어 볼이 뒤섞이는 것이다.

이것이 바로 마법의 중첩이다.

스케라 건에는 총 세 번까지 마법을 중첩시킬 수 있다.

파이어 볼이 세 번 중첩된 상태로 쏘아지면 그 위력은 세 배 이상이 된다.

그만큼 스케라 건은 전투에 큰 도움이 되는 무기였다.

스케라 소드는 스케라의 뼈로 만든 칼이다. 일반적인 강철로 만든 것보다 날카롭고 단단하며 날이 잘 무뎌지지 않는 특징이 있다.

어지간한 바위는 우습게 잘라 버릴 정도로 예기 어린 검이라 사용하는 당사자에게도 많은 주의를 요한다.

나는 눈 감고도 검을 휘두를 수 있을 만큼 능숙하니 해당되지 않는 얘기다.

스케라 건과 스케라 소드를 사면서 서비스로 가슴에 차는 총집과 허리에 착용 가능한 검집을 받았다.

난 무장을 완벽히 하고서 다시 타조를 소환해 구봉산 텐플 레이스로 향했다.

*   *   *

타조를 타고 금세 목적지에 도착했다.

텐플레이스는 구봉산에서 유명한 레스토랑이다.

그 앞 도로엔 이제까지보다 더욱 거대한 구멍이 뚫려 있었다. 저토록 큰 던전 입구는 여태 본 적이 없었다.

구봉산의 도로는 전부 산을 깎아 만든 것이었다. 해서 도로의 한쪽 면은 높이 솟은 산 몸뚱이가 가로막고 있었다.

그 산 몸뚱이 주변으로 콘크리트 바리케이드가 넓게 빙 둘러쳐져 있었다.

바리케이드 너머로는 완전 방탄이 되는 장갑차와 탱크들이 빼곡하게 둘러싸 2차 방어선을 구축했고, 그 뒤로 다시 버스가 2중으로 길게 늘어서 3차 방어선까지 마련해 놓은 상황이었다.

군인들은 2차 방어선에 서서 총구를 던전 입구에 겨냥한 채 긴장을 늦추지 않고 있었다.

내가 타조에서 내려 다가가자 군인 한 명이 다가와 경례를 올렸다.

"안녕하십니까, 아진 님."

날 대번에 알아본 그 군인은 한 달간 몬스터 토벌을 나가며 몇 번 마주쳤던 서 중위였다.

"안녕하세요. 서 중위님. 다른 비욘더분들을 다 왔어요?"

"아니요, 아직 한 분이 안 오셨어요."

"응? 콜 떨어진 지 삼십 분 거의 다 되어가는데. 누가 안 왔어요?"

"류시해 님이요."

"아, 그 미친놈. 그냥 안 나타났으면 좋겠네요."

난 대놓고 악담을 했다.

서 중위는 어색하게 웃었다. 그 역시도 류시해가 달갑지는 않은 것이다.

"그럼 나머지 분들은 다 온 거죠?"

"입구 앞에 모여 계십니다."

"알겠어요."

서 중위가 길을 터주었다.

난 바리케이드를 지나 던전 입구에 모여 있는 비욘더들에게 다가갔다.

"늦었습니다."

내가 인사를 건네자 비욘더들이 일제히 날 바라봤다.

개중 가장 먼저 날 반겨준 건 이환이었다.

"아진 님!"

이환이 후다닥 달려와 내 손을 덥석 잡았다.

"오래간만이에요. 그동안 잘 지냈어요?"

"네, 뭐 그럭저럭. 그쪽은요?"

"그날 이후로 열심히 수련했어요. 한 달 전과는 비교할 수 없을 겁니다. 그리고… 두 번 다시 아진 님을 비롯한 다른 누구에게도 짐이 되지 않을 거예요."

푸르푸르 퀸에게 당할 뻔했던 경험이 그녀의 자존심을 크게 건드려 놓은 모양이다.

역시 그녀는 뼛속까지 무인이었다.

하지만 그런 속알맹이와 달리 겉모습이 너무 여성스럽다.

지금도 봐라.

이환은 별 감정 없이 반가워서 내 손을 잡은 것뿐인데, 그 광경을 보고 있던 사내놈 몇이 내게 부러움과 시샘의 시선을 던지고 있다.

"일단 다른 분들과 인사부터 나눌게요."

"아, 네."

이환이 그제야 내 손을 놓았다.

난 자리에 있는 모든 비온더들에게 인사를 건넸다.

"안녕하세요, 루아진입니다. 구면인 분도 계시고 처음 뵙는 분도 계시네요."

말을 하며 지동찬을 슥 바라봤다.

녀석은 나와 눈이 마주치자 미간을 와락 구겼다.

마치 네가 뭔데 비온더랍시고 까부느냐 따지는 것 같은 눈치다. 그 녀석도 내가 비욘더가 되었다는 소식은 들었다.

간혹가다 학교에 나왔으니까.

하지만 이렇게 던전에서 마주치는 건 처음이었다.

"반갑다, 아진아."

일전에 변종 던전에 갇혔을 때 류시해 대신 콜을 받아 도착했지만 입구가 막혀 결국 진입하지 못했던 김주혁이 알은체했다.

"반가워요, 주혁이 형."

"때깔 좋네? 요새 살 만한가 보다?"

김주혁은 내가 착용한 장비들을 훑으며 말했다.

"살 만하긴요. 살고 싶어서 산 거죠."

"하하하! 그렇지. 네 말이 맞다."

그때 거대한 덩치에 호랑이상 얼굴을 한 사내가 내 앞에 불쑥 나타났다.

"나 독고진이다."

독고진.

5인의 초신성 중 한 명이자 버서커라 불리는 사내.

그는 자존심이 강하고 오만하며 불같은 성정을 가진 것으로 유명하다.

난 그런 독고진을 보며 고개만 끄덕였다.

그러자 독고진의 미간에 세로줄이 그어졌다.

"그게 단가?"

"뭐가?"

"이 바닥에서는 내가 선배인 걸로 알고 있는데. 그걸 떠나서 나이도 나보다 어린 것 같은데."

이 자식은 왜 말을 끝까지 안 하고 계속 개운치 못하게 끊어?

"그래서?"

"예의를 지켜라."

"아, 그러니까 쉽게 말해서 선배 대접 받고 싶다?"

내 돌직구에 독고진이 이를 빠득 갈았다.

"…혼나고 싶냐."

"내가? 당신한테? 왜?"

"여태 내게 그딴 식으로 행동한 후배는 단 한 명도 없었다."

"나도 여태 나한테 그딴 식으로 선배질한 인간 한 명도 없었거든."

미친놈이 어디서 같잖게 선배질이야?

오만하고 거만하다더니 과연 그 말이 딱이다. 내가 딱 상종하기 싫어하는 부류의 인간이다.

하여튼 난 이런 인간이 시비 걸어오면 절대 안 피한다. 그냥 들이받고 제대로 망신 주는 게 상책이다.

"너… 혼 좀 나야겠다. 선배 알기를 우습게 알고 제멋대로 싸가지 없이 들이대는 천둥벌거숭이 같은 너 같은 새끼들은 제대로 혼이 나야 돼."

내가 저 말을 어떻게 받으면 유쾌하면서도 상대방 약을 바짝 올릴 수 있을까 고민하고 있을 때였다.

"푸하하! 누가 찐따 아니었다고. 비욘더가 되어서도 병신 취급 당하네."

옆에서 가만히 있던 지동찬이 끼어들었다.

그가 은근히 독고진의 곁으로 다가오며 계속 주둥이를 나불거렸다.

"독고 선배님. 이 새끼 이거 사회생활의 시옷 자도 모르는 싸가지거든요. 이참에 제대로 한 번 손을 보시는 게 좋을 겁니다. 선배님이 손대기 뭐하시면 제가 대신 해도 되구요."

아효, 저 박쥐 같은 인간. 어느 무리에 속하든 자기가 비빌 기둥이 있으면 거기에 붙고 보는구나.

난 팔짱을 끼고서 지동찬과 독고진을 번갈아 보며 말했다.

"그래서 누구 먼저?"

두 사람의 시선이 내게 집중되었다.

"뭐?"

독고진이 물었고 나는 씩 웃었다.

"누가 먼저 덤빌 거냐고. 선배질하려는 인간? 아니면 그 옆에 붙어서 간신 짓거리 하는 원숭이?"

"너 정말 죽고 싶으냐."

그때 이환이 내 옆으로 다가와 검 손잡이에 손을 얹었다.

그녀의 눈빛이 일순 날카로워졌다.

"끼어들어서 죄송하지만 지켜보고 있자니 가만있을 수가 없네요. 아진 님은 잘못한 게 없는 것 같습니다만."

독고진이 이를 빠드득 갈았다.

"그래서?"

"싸움이 일어난다면 전 아진 님을 도울 거예요."

그 말에 지동찬은 긴장하는 낯빛이었으나 독고진은 더 성을 냈다.

"오냐… 둘 다 오늘 제대로 혼을 내주마!"

독고진이 버럭 소리를 질렀고 난 귀를 후볐다.

"아, 아아. 아, 고마워. 높은 곳에 있다가 갑자기 내려왔더니 귀가 먹먹했었는데, 다 뚫렸네? 그쪽 좋은 선배였구나? 후배한테 도움 되는 일도 해주고."

"이 천둥벌거숭이 같은 놈이!"

내가 시시덕거리자 독고진이 주먹을 말아 쥐고 높이 들어 올렸다. 그때 누군가가 우리 사이에 끼어들었다.

"네 분 다 진정하시오."

뭐야, 이 조선에서 온 듯한 말투와 억양은?

내 앞에는 머리를 길게 길러 한 줄로 곱게 땋은 사내가 개량 한복에 고무신을 신고서 천진한 미소를 짓고 있었다.

이 청학동스러운 스타일은 혹시…….

"설소하?"

"아, 맞소. 내가 설소하요."

"근데 말투가 왜 그러세요?"

"음… 개인적인 사정이 있어 자세히 말씀드리긴 어렵소. 미안하외다."

"아… 그래요."

"아무튼 네 분 다 그만하시오. 대업을 앞두고 우리끼리 싸워 무엇하겠소?"

랭킹 100위 내의 비욘더 설소하가 나서자 독고진은 어쩔 수 없이 기세를 누그러뜨렸다. 독고진을 따라 지동찬도 절로 입을 다물었다.

강한 사람 앞에서는 무조건 숙이고 보는구나.

너도 참 알 만하다.

독고진이 먼저 꼬리를 내리니 더 싸울 맘이 들지 않아 다른 비욘더들을 살폈다.

그중 계절에 맞지 않게 긴 코트를 걸친 이가 유독 눈에 띄었다. 그는 중절모까지 쓰고 있었다. 한데 중절모 아래 드러난 얼굴에는 붕대를 친친 감고 있었다.

'저 녀석이 지옥상인 밴디지군.'

그는 내 쪽에서 제법 큰 소란이 일었는데도 아무런 관심이 없다는 듯 던전 입구만 바라보고 있었다.

시선을 옆으로 옮기니 남지혁이 보였다.

그는 나보다 세 살 많은 사람으로 그냥 수더분한 성격의 사내였다.

나와 눈이 마주친 남지혁이 웃으며 손을 흔들었고, 나도 고개를 끄덕였다.

'그럼 저쪽에서 엄청나게 수줍음 타고 있는 저 여자가 민아림인가 보네.'

비욘더 무리와 한참 떨어진 곳에서 어쩔 줄 몰라 하는 듯한 여인이 한 명 있었다. 그녀가 5인의 초신성 중 한 명인 광휘의 민아림인 것 같았다.

내가 자리에 모인 모든 비욘더들에 대해서 파악했을 무렵.

터벅터벅.

유난히 큰 발소리와 함께 사이한 기운을 풀풀 풍기며 마지막 아홉 번째 비욘더가 도착했다.

"하음."

저 특이한 추임새.

절대 잊을 수가 없지.

그 자리에 있던 모든 비욘더의 시선이 매드 피에로 류시해에게 향했다.

"음? 다들 모였네? 아무래도 이번 일 큰 건인 것 같은데 자살특공대 정도로 파티 이름 지으면 될까나?"

그때였다.

"류시해… 이 개새끼야!"

지동찬이 류시해를 보며 버럭 소리쳤다.

그에 류시해가 지동찬의 얼굴을 확인하고서 고개를 갸웃거리다가 손가락을 딱 튕겼다.

"아! 너는……! 누구더라?"

"뭐? 누구냐고? 네가… 네가 날 잊어? 네가 날 어떻게 잊어!"

류시해가 활짝 웃으며.

"잊었을 리가. 기억하지. 왜? 너도 김태하처럼 죽고 싶어?"

혀로 붉은 입술을 핥았다.

"개새끼야!"

지동찬은 그런 류시해에게 히스테릭하게 반응하며 욕을 뱉었다.

그런데 김태하가 죽었다니 이건 무슨 소리야?

"동찬아, 태하가 죽었다고? 정말 죽은 거야?"

김태하가 죽었다는 사실에 충격을 먹었다거나 슬픔, 또는 분노의 감정 같은 건 일말도 들지 않았다. 다만, 내가 모르는 사실이 있다면 알아야 한다.

내가 물었지만 지동찬은 대답하지 않고 계속 악만 써댔다.

"네가 죽였어! 태하는 네가 죽인 거라고!"

류시해가 나른한 시선으로 던전 입구를 바라봤다. 그러고는 손으로 목 언저리를 쓸어내리며 조롱하듯 말했다.

"그러게. 그때 너도 죽어버렸어야 했는데. 죽고 싶으면 아무 때나 얘기해. 친구 뒤따라가게 해줄 테니까."

"이 씨발새끼가!"

상황이 어떻게 돌아가는 건지 정리가 잘 안 된다.

류시해가 정말 김태하를 죽였다는 거야? 그건 살인이다. 절대로 해서는 안 되는 일이다. 만약 지동찬의 말이 사실이라면 류시해는 여기 있어서는 안 된다. 법의 처벌을 받고 감옥에 갔어야 한다.

하지만 그는 멀쩡하게 콜을 받고 이곳에 나타났다.

내 상식으로는 이해할 수가 없었다.

결국 난 그들 사이에 끼어들어야 했다.

"누가 정리 좀 깔끔하게 해주지? 동찬이 네가 할래? 아니면 미친 어릿광대?"

"오, 나한테 세게 박아 넣었던 남자와 이렇게 재회하다니?"

"네, 네?"

이환이 화들짝 놀라 나와 류시해를 번갈아 바라보다가 얼굴이 붉게 달아올랐다.

그게 아니야, 이환!

"꺄아……"

저 멀리 떨어져 있던 민아림이 낮게 비명 지르며 한 걸음 물러났다.

이게 뭔 상황이야?

"그날 얼마나 흥분됐는지 몰라. 계속 생각나서 밤에 잠도 못 잤다니까, 자기?"

"주어를 붙여 미친놈아! 네 얼굴에 주먹을 박아 넣은 거라고! 다른 사람들이 오해하잖아!"

"당연히 다들 그렇게 생각했겠지. 그쪽만 이상한 상상 한 거 아니야? 내 어디에 자기의 뭘 박아 넣는 걸 떠올렸는데?"

"야 이 미친놈아."

일단은 한 대 패서 저 주둥이를 닥치게 한 다음 상황 정리를 해야겠다 싶어 다가가는데, 지동찬이 내 어깨를 확 잡아끌었다.

"넌 빠져 있어, 찐따 새끼가."

하, 오늘 왜 이러냐?

아주 사방에서 두들겨 대네. 오래간만에 동네북 된 느낌 제대로 받는다.

날 치고 나가려는 지동찬의 어깨를 내가 다시 잡았다.

턱.

지동찬이 고개를 옆으로 슬쩍 돌려 날 노려봤다.

"이거 안 놔?"

"놓으면? 어쩔 건데? 류시해한테 가서 줘 터지려고?"

"너 죽는다, 진짜."

웃기고 있네.

"너 지금 어깨 떨려. 보통 화가 나면 이 정도로 심하게 몸이 떨리지는 않거든. 보니까 다리도 후들거리네. 류시해가 그렇게 겁나면서 왜 오버액션하나?"

탁!

지동찬이 팔을 크게 휘둘러 내 손을 쳐냈다.

"소설 쓰고 있네 미친 새끼가!"

"사실대로 말해. 너 뭐 숨기는 거 있지?"

그때.

짝짝짝!

류시해가 박수를 쳤다.

"와아~ 여러분~ 바로 여기, 셜록이 환생했습니다~"

"정황을 좀 확실히 알아야겠는데. 김태하가 왜 죽었는지."

"넌 알 필요 없다고 찐따!"

지동찬이 그대로 몸을 틀어 주먹을 날렸다.

난 그것을 한 손으로 막고 잡아 옆으로 비틀었다.

두드득.

"아악!"

꺾어지는 팔을 따라 지동찬의 몸도 기울었다.

"이, 이거 안 놔?"

"너 아직도 상황 파악 안 되냐?"

"진짜 죽여 버린다, 찐따 새끼……!"

뻐억!

또 복을 하는 지동찬의 얼굴을 주먹으로 후렸다. 동시에 잡
고 있던 주먹을 놓았다.

"껙!"

숨넘어가는 신음과 함께 녀석이 바닥에 쓰러졌다.

털썩.

"흐어… 억!"

지동찬의 눈이 완전히 풀렸다. 정신을 잃기 일보 직전이었다.

난 지동찬의 뺨을 한 대 갈겼다.

짝!

녀석이 눈을 껌뻑거리더니 다시 정신을 차렸다. 그가 이해할 수 없다는 시선을 내게 던졌다.

"더 까불면 이번엔 정말로 이빨 몇 개 튀어나올 각오 해."

"……."

그제야 분위기 파악을 한 지동찬은 입을 딱 다물고 고개를 끄덕였다. 역시 이 자식은 자기보다 강하다 싶은 인간한테는 무조건 꼬리 내리는 놈이다.

그런데 조금 전엔 류시해가 자기보다 세다는 것을 알면서도 용기란 용기는 다 쥐어짜내 그에게 대들었다. 왜 그랬지? 정말 류시해가 김태하를 죽였기 때문에 화가 났던 건가?

글쎄, 과연 이 녀석한테 그런 의리가 있을지 의문이다.

"류시해가 태하를 죽인 게 정말이냐?"

지동찬이 말없이 고개를 끄덕였다. 하지만 눈빛은 사정없이 흔들렸다. 뭔가를 숨기고 있다. 그러나 지금 이 녀석한테 물어봤자 대답을 더 듣기 어려울 것 같았다.

"류시해."

"나도 그쪽 이름 기억하지, 루아진~"

"태하, 네가 죽였어?"

"대한민국 법이 깃털처럼 가벼워졌다면 살인자가 멀쩡히 돌아다니는 게 가능하겠지만, 과연 그럴까?"

"알아듣게 똑바로 상황 정리해."

"많이 궁금해?"

"너를 포함한 여기 모인 모든 사람이 다 잘 알고 있듯이 요새 던전이 제정신이 아닌 데다가 별 희한한 던전까지 생겨나는 터라 최대한 정보가 많이 필요하거든. 팩트에 입각한 것으로다가. 김태하를 정말 네가 죽인 건지, 또 다른 변종 던전의 여파에 휘말린 건지 거기에 대한 정보가 필요하다고, 나는."

나와 류시해 사이의 공기가 무거워지자 아무도 끼어들지 않았다.

그 오만한 독고진조차도 팔짱을 끼고서 상황을 지켜볼 뿐이다. 아니면 류시해에게 쫄았거나.

"하음~ 그러니까 말이야."

류시해가 나른한 어조로 말하며 검지손가락을 세웠다.

"하나. 그날 던전 입구엔 나랑 김태하, 그리고 콜을 받지 못했던 지농찬이 함께였지."

이어, 중지를 세웠다.

"둘. 던전으로 들어가려는데 느낌이 쎄~ 했다고. 그래서 콜을 취소하려다가 아무래도 돈이 필요해서 취소 안 했는데,

생각해 보니까 그 자리에 초대받지 않은 비운더가 한 명 더 있었던 거야."

모두의 시선이 자연스레 지동찬에게 향했다.

지동찬은 입을 다물고서 아무런 말도 하지 않았다.

류시해의 약지가 올라갔다.

"셋. 둘이 친구 같아서 말이야. 이 던전, 둘이서는 위험할 수도 있으니까 저 녀석도 같이 끌고 갔어."

"크윽!"

지동찬이 고통스러운 신음을 흘렸다. 그 고통은 육신이 아닌 정신적 측면의 것이었다. 아무도 그에게 지금 해를 가하고 있지 않으니까.

류시해가 새끼손가락을 세웠다.

"넷. 던전 막바지에 이상한 놈을 만났네? 눈이 빨갛고 몸이 진흙처럼 흐물거리는 거대한 몬스터였는데 미처 대처할 새도 없이 그놈이 김태하를 꿀꺽!"

"흐윽! 흐으윽! 태하야……."

지동찬이 흐느끼기 시작했다.

류시해의 마지막 엄지손가락이 펴졌다.

"다섯. 지금 울고 있는 우리 동찬 아기는 입으로 태하야! 태하야! 너를 두고 갈 수 없어! 외치면서 눈으로는 날 보며 '빨리 날 데리고 나가줘. 도망쳐 줘'라고 말하더라고. 그냥 두고 가려했더니 동공이 지진 난 듯 흔들리는 게 얼마나 귀엽던지.

재롱떤 보상으로 뒷덜미 잡고 끌고 나왔지. 근데 나오자마자 태하를 구했어야지 왜 날 끌고 나왔냐고, 태하는 네가 죽인 거라고 악을 써대잖아? 그래서…….'

순간 류시해가 눈을 홉떴다. 크게 열린 동공에 엎드려 있는 지동찬의 모습이 확 담겼다.

"짜증 나길래 정말 죽여 버리려다가 죄책감에 빠져 버러지처럼 사는 모습 보는 것도 나쁘지 않겠다 싶어 살려줬어. 지금처럼."

뭐? 잠깐… 그런 괴이한 몬스터가 등장했는데 왜 비욘더 길드에서는 공지 사항에 업데이트를 안 했지? 이거 설마…….

"류시해, 너 그 얘기 처음부터 끝까지 비욘더 길드에 전했냐?"

"물론. 아, 그러고 보니~ 김태하 잡아먹은 괴물에 대해서는 제대로 얘기 안 했었네?"

"일부러 그랬지?"

"좋은 경험은 함께 나누라고 했던 선인의 얘기가 떠올라서 말야."

류시해의 말을 다 듣고 나니 지동찬이 갑자기 울음을 터뜨렸다.

"끄흐으윽! 태하는… 태하는 저 새끼 때문에 죽은 거야아…….'

"푸훗! 계속 그렇게 자위만 하다 뒈져 버리렴~ 귀여운 아가."

"비, 비아냥거리지 마! 류시해 개자식아아아아!"

지동찬이 다시 류시해에게 달려들려 했다.

이게 진짜.

짝!

난 놈의 뺨을 세게 갈겼다.

"으악! 왜 때려!"

내가 안 때렸으면 넌 류시해한테 달려들다가 죽었어, 새끼야. 지 목숨 구해준 줄도 모르고 어디서 악을 써? 한 대 더 맞아라.

짝!

"악! 그만해! 나도 피해자야! 애초에 그따위 던전 따라갈 마음도 없었어! 그런데 저 개새끼가 억지로 끌고 들어갔어! 그 일만 아니었으면! 그 일만 아니었으면 태하가 몬스터한테 그런 꼴 당하는 것도 보지 않았을 거란 말……!"

"아아, 그래. 친구가 뒤지든 말든 신경 안 쓰고 그냥 꽁무니 빠져라 도망 나왔다? 그렇게 정리할게."

"그 새끼랑 나랑 뭔데, 씨발! 너도, 아니 다른 학생들도 다 알잖아? 태하는 나를 그냥 쫄병 부리듯 했어! 비온더라서 데리고 다녔던 거라고!"

그때 류시해의 음성이 툭 끼어들며 더 이어지려는 지동찬의 말을 끊었다.

"그렇다고 하기엔 상황이 조금 이상한걸?"

"넌 빠져!"

지동찬이 도끼눈을 하고 류시해를 노려봤다. 하지만 류시해는 싱글거리는 낯으로 입을 달싹였다.

"동찬 어린이는 몬스터를 등지고 있어서 못 봤겠지만~ 원래 몬스터가 잡아먹으려 했던 건 그쪽이었거든."

류시해의 손가락이 지동찬을 가리켰다.

"…뭐?"

"그런데 김태하가 괴물 앞을 가로막았었다고. 유 노우?"

"거, 거짓말……"

"믿고 싶은 대로 믿든가 말든가. 별로 상관없어. 그런데 있잖아. 더 이상 나한테 어리광은 부리지 마. 난 동찬 어린이 뻘 짓 받아주는 변기통이 아니거든? 한 번 더 그러면 정말 죽여 버릴 거야?"

류시해는 윙크를 하며 말을 마무리 지었다.

지동찬은 큰 충격을 받은 듯 넋이 나갔다.

던전 입구에 묘한 분위기가 감돌았다.

아무튼 난 원하는 정보를 얻었으니 여기서 더 심력 낭비할 시간이 없었다. 류시해가 던전에서 겪었던 일을 그대로 보고 안 한 건 짜증 나지만 당장 따지고 늘어봤자 반성의 기색조차 없는 저 인간 상대로는 시간 낭비다.

"시간이 너무 지체됐네요. 죄송합니다. 들어들 가시죠."

내 말에 김주혁이 맞장구를 쳤다.

"그래, 그래. 들어가자고~ 개인의 사사로운 감정은 나중에 풀기로 하고 말이야."

비욘더들은 묵언으로 긍정을 대신하고서 던전 입구로 향했다. 그런데.

쿠구구구구구.

바닥에서 어지러운 진동이 일었다. 그것은 곧 점점 세기를 더해 큰 지진으로 바뀌었다. 이윽고 던전의 입구에서 무언가가 확 튀어나오려다가 이지스 실드에 부딪혔다.

쾅!

"뭐, 뭐야!"

남지혁이 놀라서 뒤로 물러났다.

콰앙!

또다시 이지스 실드에 강력한 충격이 일었다.

쾅쾅쾅쾅쾅!

이어 연속적인 충돌이 계속되더니 콰앙! 하는 굉음과 함께 4미터의 거체를 자랑하는 몬스터가 튀어나왔다.

뭐야 지금? 이지스 실드가 깨졌어?

"모두 조심하시오!"

설소하가 크게 소리쳤다.

하늘 높이 솟구친 몬스터가 땅 위에 착지했다.

쿠웅!

마치 거인을 보는 듯 거대한 덩치를 자랑하는 몬스터는 인간처럼 팔과 다리, 머리가 존재했다. 한데 몸 전체가 흐물거리며 흘러내리는 진흙으로 이루어져 있었다.

얼굴엔 돌멩이만 한 눈과 구멍이 뻥 뚫린 코, 입술이 없어 잇몸이 다 드러나는 입이 보였다.

잇몸 아래로 자라난 이빨은 배열이 뒤죽박죽 엉망이었으며 하나하나의 알맹이가 컸다.

'뭐지? 저런 녀석은 에스테리앙에서 본 적이 없어.'

이 녀석의 정체가 뭔지 도통 모르겠어서 잠시 혼란스러워하던 그때, 내 눈에. 아니, 모두의 눈에 녀석의 명치에 박혀 있는 사람의 얼굴이 들어왔다.

흘러내리는 진흙으로 범벅이 되어 엉망이었지만 나는 그가 누군지 알 수 있었다.

"태하야!"

내 옆에서 지동찬이 목이 터져라 소리쳤다.

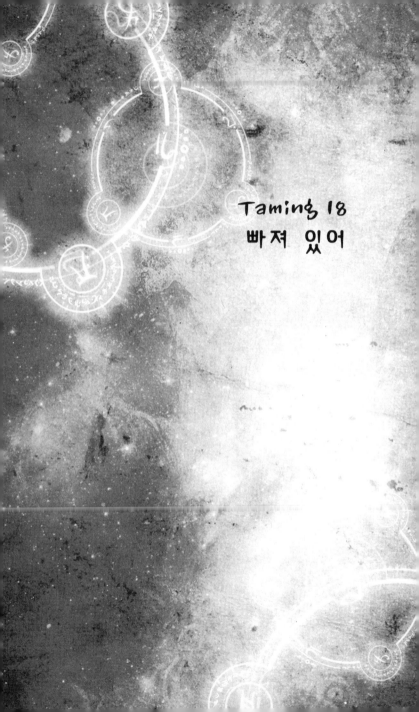

Taming 18
빠져 있어

　지구에 생기는 던전은 현대 과학으로 정확한 분석을 내릴 수 없는 기이한 것이었다.

　던전을 생성하는 건 기계, 전자 과학이 아닌 마법의 힘이었기 때문이다.

　던전은 땅속 깊은 곳에 지하 동굴 같은 형태로 나타난다. 그리고 던전으로 들어갈 수 있는 입구가 만들어진다.

　입구 근처 이백여 미터 정도는 보통의 돌덩이와 흙더미로 이루어져 있다. 한데 그 이상으로 들어가면 던전을 이루고 있는 내벽은 일반적으로 지구에서 볼 수 있는 성질의 지반과 달라진다.

그건 철저히 마법의 영역으로 던전을 뚫고 나갈 수도, 외부에서 뚫고 들어올 수도 없다.

던전으로 드나들 수 있는 곳은 오로지 생성 시 열린 입구뿐이다.

그 덕분에 이지스 실드로 몬스터들을 가둘 수 있었다.

만약 몬스터가 던전의 통로를 아무렇지 않게 뚫고 나올 수 있었다면 이지스 실드는 무용지물이었을 터였다.

어찌하여 이러한 성질의 던전이 지구에 나타나는 건지, 몬스터들이 왜 계속 던전을 통해 넘어오는 건지는 여전히 오리무중이었다.

지구에 존재하는 많은 학자들이 식음을 전폐하다시피 하며 이에 대한 연구에만 몰두해 온 지도 이십여 년이 넘었다.

절대적 불가침 조약의 협약 이후 각 나라는 자체적으로 던전에 대해 연구를 해야 했다.

한국 역시 마찬가지였다.

그럼에도 아직 이렇다 할 실마리조차 잡지 못했다.

어찌 되었든 지금까지는 이지스 실드와 던전 레이더. 그리고 비욘더들의 등장으로 어떻게든 몬스터들을 상대할 수 있었다.

한데 근래 들어 변종 던전들이 나타나기 시작했다.

이런 것이 자국에만 일어나는 현상인지 전 세계적인 것인지 한국의 학자들은 궁금했으나 절대적 불가침 조약으로 인해 나른 국가와의 모든 연락 체계가 무너져어 도무지 알 수가 없었다.

아직 한국은 변종 던전에 대한 대비랄 것이 제대로 되어 있지 않은 상황이다. 때문에 내부적으로 깊은 혼란에 빠져 있었다.

그런데 이번에 대한민국 전역을 뒤흔들 만한 사건이 벌어졌다.

몬스터가 이지스 실드를 깨고 지상으로 나온 것이다. 그리고 그 현장에 아진 일행이 있었다.

"그으으으……."

진흙 몬스터가 열 명의 비욘더 앞에 서서 그륵거리는 신음을 흘렸다.

서 중위는 눈이 튀어나올 듯 커졌다.

막사 안에 있던 백정훈 대대장도 축 늘어지는 뱃살을 출렁거리며 뛰쳐나왔다.

"이게 무슨 소란이야!"

"대, 대대장님! 모, 몬스터가……."

서 중위의 뒷말은 더 필요치 않았다.

대대장의 눈에도 거대한 진흙 몬스터가 확연히 들어왔기 때문이다.

"이, 이런 미친! 어떻게 저게 지상으로 올라와!"

"모르겠습니다."

"당장 타격… 끄응."

명령을 내리려다가 대대장은 앓는 소리를 냈다.

몬스터의 앞엔 비욘더 열 명이 대치하고 있었다.

지금 타격 명령을 내리면 비욘더들까지 위험해진다.

이지스 실드의 개발 이후, 한 번도 이런 경험을 한 적은 없었다. 그러나 이런 경우에 처할 시 행동 강령과 작전은 분명히 존재했다.

"상황 지켜보다가 전세가 기울 시 집중포화 때려."

"네? 그럼 비욘더들은……."

"어차피 전세가 기운다는 건 비욘더들도 죽는다는 거야. 대를 위해 소를 희생해야지! 저 빌어먹을 괴물 새끼가 바리케이드 밖으로 나가서 난동 피우면 죽어나가는 목숨이 몇일 것 같아? 비욘더들은 국가 소속이고, 국가는 자국민을 위해 존재하는 거야. 그럼 국가 소속 비욘더들은 자국민을 위해 목숨도 버릴 각오로 전장에 뛰어들어야 하는 거 아니야? 비욘더 수가 열이니 죽어라 싸우면 질 때 지더라도 몬스터 역시 멀쩡하진 못할 테니 바로 집중포화 때린다."

"……."

"알아들었냐고!"

"알겠습니다."

백정훈 대대장이 혀를 차며 입을 닫았다.

서 중위는 못마땅한 시선을 애써 감추며 비욘더들에게 시

신을 들렸다. 그가 속으로 비욘디들에게 제발 튼스디를 제입
해 달라 간절히 빌었다.

비욘더들 역시 이 정체불명의 몬스터에게 목을 바칠 생각
은 추호도 없었다.

아진이 곧바로 펫들을 소환했다.

"소환. 블링, 꼬맹이, 흰둥이, 타조, 예티!"

다섯 마리의 펫이 아진의 앞에 소환되었다.

그런데.

"듀라라라라라~"

"뀨웃!"

"토토톳~"

"라라랑~"

"우루루~"

거대한 5성 듀라란 예티를 바닥에 눕혀놓고 다른 펫들이
겨드랑이며 옆구리살, 발바닥들을 간질거리고 있는 게 아닌
가.

예티는 간지러워 죽겠다는 얼굴로 계속해서 듀라라라라라~
하며 웃어댔다.

아주 짧은 시간 동안 그 광경을 보고 있던 아진이 한심해
서 소리쳤다.

"시트콤 찍고 있네, 이것들이! 아공간에서 까불다가도 내가
소환하면 상황 파악해야 할 거 아니야! 다들 피해!"

아진의 음성에 놀란 펫들이 일사불란하게 사방으로 흩어졌다.

콰아아아아앙!

펫들이 피한 자리에 진흙 몬스터의 주먹이 내리꽂혔다.

마치 운석이 떨어진 듯, 주먹이 박힌 대지가 푹 파였다.

한편, 아진의 펫들을 처음 본 비욘더들은 놀라 눈을 휘둥그레 떴다. 그에 아진이 짧게 설명했다.

"제 능력은 몬스터 테이밍! 지금 나타난 몬스터들은 전부 제가 테이밍한 펫입니다! 적은 진흙 몬스터 하나예요!"

"아, 알겠소! 피아 구분이 끝났으니 제대로 싸워보도록 합시다!"

설소하의 말에 다른 비욘더들이 전투태세를 갖췄다.

진흙 몬스터가 붉은 눈동자로 천천히 비욘더들을 훑었다. 비욘더들 역시 섣불리 달려들지 않고 진흙 몬스터의 사소한 동작 하나하나를 주시했다.

녀석은 지금까지 보아오지 못했던 몬스터였다. 때문에 얼마나 강한지 알 수가 없었다. 적에 대해 정보가 없을 땐 무조건 조심하고 보는 게 상책이다.

폭풍 전야.

그 말이 딱이었다.

몬스터도 비욘더들도 서로의 역량을 가늠하고 있었다.

그때 진흙 몬스터의 배에 박힌 태하의 얼굴을 지켜보던 아긴이 고개를 끄덕였다.

"알 것 같은데."

그의 음성에 다른 비욘더들이 귀를 쫑긋 세웠다.

"정황으로 봐서는 동찬이랑 류시해가 함께 갔던 던전에서 만났던 그 몬스터가 저 새끼 맞지?"

지동찬이 고개를 끄덕였다.

"그때 김태하를 저놈이 잡아먹었고. 그런데 오늘 이곳에서 다시 나타났어. 김태하를 소화시켜서 없앤 게 아니라 몸에 품은 채로. 그렇다는 건… 목적이 있었다는 거야."

"무슨 목적?"

남지혁이 물었다.

"인간은 던전을 마음대로 드나들고 몬스터는 그럴 수 없다는 사실을 저놈은 파악했어요. 그래서 인간을 몸의 일부로 만든 거죠. 이지스 실드는 몬스터를 막아야 하지만 인간의 출입은 허용하기에, 두 존재가 합쳐지면 이지스 실드는 완벽한 방어막을 구축하지 못할 테고 결국 충격에 의해 지금처럼 깨져 버리는 겁니다."

"아……!"

여태껏 조용히 있던 민아림이 낮은 탄성을 흘렸다.

그때, 진흙 몬스터의 눈에서 안광이 일었다. 불안한 기운이 감도는 순간, 진흙 몬스터의 몸에서 돌로 만들어진 기다란 창 수십 개가 튀어나왔다.

"마법! 스톤 랜스야! 다들 조심해!"

김주혁이 소리쳤다.

그것은 4서클 대지 계열 공격 마법이었다.

수십 개의 돌창은 허공을 부유하다가 갑자기 열 명의 비욘더들에게 날아들었다.

설소하는 방어 능력이 가장 취약한 민아림에게 달려가 앞을 가로막고 섰다. 그리고 자신의 무기인 철제 부채를 휘둘렀다. 부채를 한 번 휘두를 때마다 일어난 매서운 바람은 놀랍게도 돌로 만들어진 창을 초전박살 내고 있었다.

그것이 센서블 비욘더 설소하의 능력이었다.

바람을 다루는 힘!

"고, 고마워요."

민아림이 속삭이듯 말했다.

설소하는 빙긋 미소 짓고서 계속 그녀를 보호하는 데 일념으로 집중했다.

나머지 비욘더들은 스스로 자신의 몸을 보호했다.

아진은 블링이의 몸을 거대한 막처럼 부풀려 자신과 다른 몬스터들에게 날아드는 돌창을 전부 산성액으로 녹여 버렸다.

다들 무리 없이 첫 번째 공격을 막아냈는데 딱 한 사람.

"악!"

지동찬만 허벅지에 바람구멍이 뚫렸다.

"아이, 저 병신."

아진이 욕을 하며 지동찬에게 다가가 복부를 확 걸어찼다.

뻑!

"끄억!"

저 멀리 날아간 지동찬이 콘크리트 바리케이드에 등을 찧고 기절했다.

"그 새끼 어디 멀리 보내 버리세요!"

아진이 소리치자 군인 두 명이 다가와 기절한 지동찬을 들고 막사로 옮겼다.

이제 전투 가능한 비욘더는 아홉 명.

진흙 몬스터는 마법 공격 이후, 육중한 덩치에 어울리지 않는 빠른 스피드로 육탄 공격을 펼치기 시작했다.

콰콰콰콰콰콰쾅!

녀석은 시야에 들어오는 비욘더에게 무작정 다가가 주먹을 휘둘렀다. 비욘더들은 놈의 공격을 아슬아슬하게 피하며 반격을 시도했다. 하지만 3클래스 피지컬 비욘더인 김주혁과 남지혁은 진흙 몬스터에게 이렇다 할 대미지를 주지 못했다.

그들의 주먹에 담긴 파워는 물컹거리는 진흙에 먹혀 산산이 분해될 뿐이었다.

하지만 이환은 달랐다.

그녀는 한 달 동안 밤낮없이 수련한 끝에 3클래스 매지컬 비욘더가 되었고, 가람검법의 성취도 역시 전보다 훨씬 늘었다.

"인챈트, 라이트닝."

이환이 시전어를 읊조리자 검신에서 푸른빛 스파크가 격하게 튀었다. 이를 본 진흙 몬스터가 이환에게 방향을 틀어 바람처럼 다가와 주먹을 날렸다.

이환이 가볍게 그것을 피하며 부드럽고 빠른 동작으로 검을 내리그었다.

서걱!

"그으으으으으!"

진흙 몬스터의 손목이 잘려 나갔다.

"먹혔어!"

김주혁이 주먹을 불끈 쥐고 소리쳤다. 하지만 기쁨도 잠시. 잘려 나간 주먹이 원상 복구되고 있었다.

이환이 미간을 구기며 다시 진흙 몬스터에게 달려들려 했다. 한데 독고진이 그런 이환을 툭 밀어내며 말했다.

"여자는 빠져 있어."

그런 독고진의 무례한 언행에 이환은 화가 났다. 게다가 이 인간, 이환을 밀칠 때 모르는 척 가슴께를 만졌다. 당장 그를 응징하고 싶지만 지금은 동료끼리 싸울 때가 아니었다.

"내가 제대로 정리해 주지!"

호언장담하는 독고진의 몸으로 진흙 몬스터의 주먹이 날아들었다. 독고진이 숨을 크게 들이마시며 마주 주먹을 내질렀다.

콰앙!

두 개의 주먹이 충돌하며 충격파가 터졌다.

먼지구름이 일고 지축이 흔들렸다.

하지만 결코 박빙의 상황이 연출되진 않았다.

뻐억!

"으악!"

힘에서 제대로 밀려 버린 독고진이 그대로 전신을 두들겨 맞고 바닥에 드러누웠다.

독고진의 자존심에 금이 가는 순간이었다.

있는 폼 없는 폼 다 잡았는데 단 한 방에 쓰러지고 말았다. 그런데 지옥은 그때부터 시작이었다.

쾅쾅쾅쾅쾅쾅쾅!

"으어어어!"

진흙 몬스터가 독고진의 몸 위에 주먹을 연발로 꽂아 넣었다.

독고진의 몸이 땅을 파고 들어가 완전히 푹 박혀 버렸다. 만약 그의 몸이 강철처럼 단단하지 않았다면 이미 으깬 두부가 되었을 것이다. 하지만 강철의 몸을 가진 버서커답게 아직은 버티고 있었다.

다만 얼굴이 떡이 되고 치아가 몇 개 빠지고 코뼈가 부러졌으며 눈두덩이가 터졌다.

입과 코에서도 피가 줄줄 흘러내렸다.

팔다리는 이미 몇 군데가 부러졌다.

진흙 몬스터가 다시 한 번 독고진을 후려치려는 찰나, 설소하가 날렵하게 몸을 움직이며 쇠부채를 휘두르려 했다. 한데 그보다 아진이 더 빨랐다.

"얘들아, 막아!"

아진의 명령에 다섯 마리의 펫이 독고진의 앞을 막아섰다.

순간 독고진은 저 멍청한 몬스터들이 자기도 막지 못한 공격을 어찌 막겠느냐 생각했다.

그건 오만한 생각이었다.

5성인 예티는 덩치가 이미 2.5미터에 달했다.

그만큼 힘도 4성일 때와는 비교할 수 없을 만큼 강해졌으니 진흙 몬스터의 주먹쯤은!

콰아아아앙!

"듀라라라~"

호각으로 막아낼 수 있었다.

동시에 꼬맹이가 손톱을 쫙 늘려 진흙 몬스터의 주먹을 산산조각 냈다.

꼬맹이는 5성으로 성장하면서 외형적인 변화는 없었지만 손톱이 다이아몬드도 자를 만큼 날카로워졌다. 아울러 부패독은 한 방울만 닿아도 일곱 발자국을 걷기 전에 죽음에 이르는 무시무시한 맹독으로 바뀌었다.

꼬맹이의 독에 당한 진흙 몬스터의 주먹은 더 이상 재생하지 않았다.

5성 블링이는 몸의 일부를 떼어내 투포환처럼 쏘아 보낼 수 있었다. 블링이의 몸은 산성이므로 쏘아 보낸 파편에 맞으면 모두 녹아버린다.

지금처럼.

쐐애애액! 퍽!

블링이의 파편에 맞은 진흙 몬스터의 오른쪽 허벅지에 큰 구멍이 생겼다.

타조와 흰둥이가 그곳을 노리며 단단하게 만든 깃털과 바늘을 마구 쏘아댔다.

퍼퍼퍼퍼퍼퍽!

블링이가 만들어놓은 구멍을 중심으로 수백 개의 구멍이 연달아 뚫리며 점점 진흙 몬스터가 중심을 잡지 못하고 휘청거릴 때.

"파이어 볼!"

아진이 마법을 시전했다.

쐐애애액! 콰아앙!

이미 헐거워진 오른쪽 허벅지에 불덩이가 작렬하며 다리가 완전히 떨어져 나갔다.

"그으으으으으!"

진흙 몬스터의 육중한 몸이 옆으로 기울어졌고, 이내 지면에 곤두박질쳤다.

그 놀라운 광경에 모든 비욘더의 시선이 아진과 펫들에게 집중되었다.

펫들은 주변 시선을 의식하더니 갑자기 하나같이 어깨에 힘을 주었다. 그러다 더 으스대고 싶어진 예티와 꼬맹이가 양손을 허리에 척 하고 올렸다.

이를 본 타조도 날개를 펼쳤다가 팔처럼 반만 구부려 몸통에 척 얹었다.

흰둥이도 촉수 두 개를 꺼내 다른 몬스터들을 따라 했다.

블링이까지 몸을 흐물텅거리더니 팔 두 개를 만들어내서 몸에다 얹었다.

"하여튼 단순한 것들."

아진이 피식 웃고서 바닥에 처박힌 독고진을 보며 조롱 섞인 어조로 말했다.

"근육만 키운 멍청이는 빠져 있어."

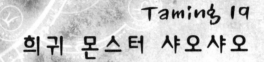

Taming 19
희귀 몬스터 샤오샤오

민아림에게는 모든 상황을 관찰해서 분석하는 버릇이 있었다. 처음에는 그저 버릇에 지나지 않았는데, 이제는 능력이라고 해도 좋을 정도로 정확해졌다.

어쩌다 치유 능력을 각성해서 센서블 비욘더가 된 그녀는 2클래스가 되고 나서 5인의 초신성 중 한 명으로 이름을 올리게 되었다.

전투 능력은 크게 볼 것이 없지만 치유 능력이 동급 최강이었기 때문이다.

그녀는 능력의 특이성으로 인해 혼자서는 던전에 입장하는 것이 힘들었다.

실제로 1클래스 센서블 비욘더로 각성해서 길드에 등록을 했을 때도 차서린은 민아림에게 특별 규칙을 적용해 주었다.

그녀가 콜을 잡게 될 땐 무조건 전투 계열 비욘더 한 명을 더 붙여주는 것으로.

어지간하면 1레벨 던전은 혼자서도 입장 가능하게 해준다.

두 명을 붙일 때도 있는데 그건 어쩌다 한 번씩이다.

하지만 민아림은 1레벨 던전을 돌 때부터 무조건 파티 매칭을 했다. 그래서 다른 비욘더들보다 더욱 많은 이들을 만날 기회가 주어졌다.

실제로 진흙 몬스터와 싸우고 있는 이 전장에 모인 사람들도 루아진을 제외한 다른 이들은 전부 만났던 적이 있었다.

그중에서 민아림이 가장 이상하다고 느낀 건 버서커 독고진과 설소하였다.

'저 사람이 정말 피지컬 비욘더라고?'

독고진과 던전을 돌면서 그녀가 갖게 된 의문이었다. 아무리 봐도 그는 피지컬 비욘더 같지 않았다. 덩치가 우락부락하고 힘도 셌고 강철의 피부를 가진 걸로 유명했지만 그는 피지컬 비욘더라기보다…….

"괜찮소? 그러게 왜 그렇게 나대고 그러시오? 몸도 약한 양반이."

설소하가 독고진의 근처에 쪼그려 앉아 쉬부채를 너울거리며 말했다.

독고진은 엉망이 된 와중에도 그 말에 자존심이 상해 어떻게든 반론했다.

"모, 몸이 약하다니. 그렇지 않습니다."

민아림은 흥미진진하게 상황을 지켜봤다.

그녀가 이상한 인간으로 지정한 두 사람이 만났다. 민아림의 입장에서는 엄청 재미있는 순간이었다.

설소하와 독고진이 대화를 나누는 와중 루아진은 몬스터들과 협공해서 진흙 몬스터의 오른쪽 허벅지를 아작 내고 있었다.

"내, 내가 괜히 5인의 초신성인 줄 압니까? 나는 다른 피지컬 비욘더들이랑은 다릅니다."

독고진의 오만함이 다 죽어가는 와중에도 튀어나왔다.

그러자 여태 천진난만하기만 하던 설소하의 얼굴에 비웃음이 어렸다.

"머리부터 발끝까지 허세로 가득 찬 빌어먹을 새끼. 너 같은 놈 때문에 비욘더의 격이 떨어지는 거야."

"…지금 뭐라고……?"

예상치도 못했던 설소하의 독설에 독고진은 말이 제대로 나오지 않았다.

"입 다물어. 아가리에서 썩은 내가 진동을 하니 대화하는 것도 고행이군. 근육 키워서 되도 않는 인성질 할 시간에 겸손 좀 배워라, 버러지 같은 새끼야. 너 같은 건 똥물에 튀겨 죽여도 시원찮아. 피지컬 비욘더? 웃기고 있네. 너 피지컬 비욘더 아니잖아."

두근두근.

설소하의 예상 못한 독설에 두 사람의 가슴이 동시에 뛰었다.

대놓고 모욕을 당한 독고진과, 멀리서 그 얘기를 엿듣고 있던 민아림.

민아림은 태어났을 때부터 유난히 귀가 밝았다.

그것은 비욘더의 능력이 아니다. 천성적으로 그랬다.

해서, 일반인의 보편적인 청력으로 들을 수 없는 소리도 민아림에게는 들렸다.

'역시… 이상한 사람이었어.'

자신의 예상이 들어맞는 순간 민아림에게 묘한 흥분이 찾아왔다.

"내, 내가 아는 설소하가 맞습니까?"

독고진은 있는 대로 모욕을 당한 와중에도 설소하의 기에 압도되어 함부로 혀를 놀리지 못했다.

"네가 아는 설소하가 아니지. 그 새끼가 나랑 같아 보이……."

그때, 설소하가 말을 하다 말고 돌연 쇠부채로 자신의 머리를 후려쳤다.

빡!

"큭!"

"커헉!"

설소하의 입에서 신음이 튀어나왔고, 독고진은 눈이 튀어나올 뻔했다.

영락없는 청학동 학사 같았던 설소하가 갑자기 독설을 하더니 이제는 자해까지 일삼으니 이게 무슨 일인가 싶었다.

고통에 괴로워하던 설소하가 질끈 감았던 눈을 뜨고 독고진을 바라봤다.

"아… 이거 실례했소, 진 아우. 또 그 녀석이 나오는 바람에……. 이런이런. 아직도 수행이 부족하단 말인가."

설소하는 알아듣지 못할 말을 하며 고개를 저었다.

독고진은 도저히 지금 상황을 이해할 수가 없어 혼란스러웠다.

바로 그때였다.

쿠웅!

진흙 몬스터가 오른쪽 다리를 잃고서 바닥에 쓰러졌다.

"오……."

설소하가 벌떡 일어서서 감탄을 내뱉었다.

다른 비욘더들도 전부 감탄 어린 시선을 아진과 그의 펫들에게 보냈다.

아주 잠깐 동안이었지만 아진의 활약을 훌륭했다.

다른 비욘더들이 끼어들 틈도 없이 펫들과 환상의 컬래버레이션을 선보였다.

그것은 거의 완벽에 가까운 호흡이었다.

민아림은 으쓱거리고 있는 펫들 중 예티를 자세히 살폈다.

그녀가 아는 정보에 의하면 예티의 겉모습으로 판단해 볼 때 5성까지 진화한 3레벨 몬스터 듀라란이 틀림없었다. 저 정도면 이미 4레벨 몬스터와 동급으로 분류된다.

진흙 몬스터는 그런 예티와 대등한 파워를 보여줬다. 즉 순수하게 힘으로만 따져도 진흙 몬스터는 4레벨 몬스터 정도의 수준이라는 거다.

한데 재생 능력에 마법까지 시전할 수 있으니 족히 5레벨급 몬스터로 분류해야 했다.

3클래스 비욘더인 독고진이 상대할 수준이 아니었다. 아울러 독고진은…….

'피지컬 비욘더가 아니야.'

그녀의 판단에 의하면 백 퍼센트였다.

무슨 이유에서인지 본인은 어딜 가든 피지컬 비욘더라고 강조하는 중이지만 말이다.

'그나저나 저 사람.'

민아림의 시선이 아진에게 향했다.

그는 쓰러진 진흙 몬스터를 보며 히죽 웃고 있었다.

아진에 대해서는 한 달 동안 주워들은 정보가 제법 됐다.

그도 그럴 것이 몬스터를 테이밍하는 비욘더는 여태 단 한 명도 없었기 때문에 비욘더들 사이에서 아진의 존재는 제법 뜨거웠다.

물론 아진 본인은 전혀 모르고 있는 사실이었다.

'3클래스 센서블 비욘더. 능력은 몬스터 테이밍. 한데 테이밍한 다섯 마리의 몬스터 전부… 외형으로 보건대 5성.'

1레벨 링링과 톤톤은 5성이 되면 2레벨 2~3성 몬스터와 맞먹는 기량을 자랑한다. 2레벨 몬스터 푸르푸르 역시 5성까지 진화할 경우 3레벨 2성 몬스터에 비견할 만큼 강해진다.

마지막으로 3레벨 몬스터 듀라란과 루루가 5성으로 성장하면 4레벨 1성과 호각을 이룬다.

아진 본인만 놓고 보면 그는 마법과 무투술을 조금씩 사용할 줄 아는, 이도 저도 아닌 잡캐다.

한데 몬스터들이 그의 힘을 몇 배, 아니, 십수 배 불려주고 있었다.

두근두근.

민아림의 가슴이 두근거리며 뛰었다.

그녀가 기도하듯 두 손을 모으고서 가슴께에 가져가 꾹 누르며 읊조렸다.

"정말 이상한 사람이야."

그것은 마음에 드는 이성을 봤을 때의 흥분이 아닌, 특이한 걸 좋아하는 컬렉터로서의 취향저격으로 인한 흥분이었다.

그때 아진이 휙 뒤돌아서서 땅에 처박힌 독고진에게 굴욕을 주었다.

"근육만 키운 멍청이는 빠져 있어."

독고진은 빠드득 소리가 나도록 이를 악물었다.

아진은 이환을 바라보며 한쪽 눈을 찡긋거렸다.

'대신 갚아줬다. 너 나한테 빚진 거야'라는 메시지가 그 눈짓 한 번에 고스란히 이환에게 전해졌다.

이환은 그런 아진에게 감사함을 느끼며 고개를 끄덕였다. 그녀가 다시 심기일전해서 검을 고쳐 쥐고 아진의 곁으로 다가가다가 땅에 처박힌 독고진의 얼굴을 밟아버렸다.

콰직!

"윽!"

"아, 실수했네요."

누가 봐도 고의였다.

아진과 이환을 필두로 다른 비욘더들도 전부 모여들었다.

진흙 몬스터의 다리는 그러는 사이 다시 자라나고 있었다.

"몬스터의 거동이 힘든 지금이 기회외다! 동시에 칩시다!"

설소하의 외침에 비욘더들의 연합 공격이 시작되었다.

"하압!"

설소하가 기합을 넣으며 쇠부채를 힘껏 휘둘렀다. 그가 들고 있는 쇠부채는 웨폰 회사에서 산 무기로 설소하의 능력을 배가시켜 주는 힘이 있었다.

쇠부채가 지나간 자리에 수십 가닥의 바람이 일었다. 그것은 곧 날카로운 무형의 칼날이 되어 진흙 몬스터의 왼쪽 허벅지로 쇄도했다.

서거거거걱!

"그아아아아아!"

바람의 칼날이 진흙 몬스터의 두툼한 허벅지를 파헤쳐 걸레짝을 만들었다.

아진이 펫들과 힘을 합쳐서 해낸 일은 설소하는 혼자서 단 일격에 해결했다.

두 다리를 모두 잃은 진흙 몬스터는 도저히 일어설 수 있는 상황이 아니었다.

비록 잘린 다리가 재생되고 있다지만 속도가 그렇게 빠르진 않았다. 게다가 설소하의 공격을 시작으로 다른 비욘더들 역시 맹공을 퍼붓는 중이었다.

이환의 전격 마법과 날카로운 검날이 쉼 없이 진흙 몬스터의 전신을 괴롭혔다.

진흙 몬스터에게 대미지가 축적되기 시작하니 처음엔 씨알도 먹히지 않았던 김주혁과 남지혁의 주먹이 빛을 발하기 시작했다.

쾅쾅쾅쾅!

그들이 한 방씩 때려 넣을 때마다 흘러내리던 진흙이 사방으로 튀며 그 안에 감춰져 있던 몬스터의 검은 피부가 드러났다.

진흙 몬스터는 몸 전체가 진흙으로 이루어진 게 아니었다. 진흙은 속살을 보호하기 위한 방어구 같은 역할을 하고 있던 것이다.

이것을 파악한 비욘더들은 계속해서 강력한 타격을 주어 진흙을 파헤치는 데 주력했다.

지옥상인 밴디지도 뒤늦게 전투에 참여했다.

온몸을 붕대로 감은 그가 코트 자락을 휘날리며 진흙 괴물에게 다가갔다.

그의 손이 진흙 괴물의 몸에 닿는 순간 흘러내리던 진흙들이 생기를 잃고 딱딱하게 굳더니 쩌저적! 갈라지며 깨져 나갔다.

"후우우."

그가 폐부 깊숙한 곳에서부터 올라오는 듯한 한숨을 흘렸다.

몬스터들의 생명을 흡수하는 센서블 계열의 능력자인 만큼 전투 능력은 크게 대단할 게 없는 그였다.

하지만 손에 닿는 것만으로 생명을 빨아들이는 광경은 기가 막힐 정도였다.

밴디지는 진흙이 떨어져 나간 자리에 드러난 몬스터의 피부에 손을 가져갔다.

스아아아아―

세포 하나하나에 담겨 있는 생명의 기운이 손바닥을 타고 들어와 맨디지에게 흡수되있다.

그가 손을 댄 부근을 기준으로 주변의 살들이 전부 생기를 잃고 주름이 가득하게 쭈그러들었다.

"그어어어어어!"

생기를 그대로 빼앗기는 건 엄청난 고통이었다.

진흙 몬스터가 크게 울부짖었다.

녀석은 점점 더 평정심을 잃어가는 중이었다.

그러는 사이 아진의 펫들 역시 각자의 개성대로 진흙 몬스터를 공격했다.

진흙 몬스터는 아픔에 몸부림치다 두 팔을 우악스럽게 휘둘렀다.

거기에 흰둥이가 맞고 뒤로 날아갔다.

픽!

"라라랑~"

바닥을 몇 번이나 구른 뒤에야 겨우 멈춰 선 흰둥이는 정신을 못 차리고 비틀거렸다. 그 광경을 본 다른 펫들의 눈에 불똥이 튀었다.

"듀라라라란!"

"뀨웃!"

"토토톳!"

"우루루루루루!"

펫들은 마치 '감히 우리 흰둥이를!'이라고 외치는 것 같았다.

예티가 우다다다 달려가 진흙 몬스터의 오른손을 잡고서 힘껏 당겼다.

"듀라~ 라라라!"

구그극! 구극!

그대로 두면 진흙 몬스터의 팔이 뽑힐 판이었다. 그에 진흙 몬스터가 반대쪽 손을 휘둘러 예티를 쳐내려 했다.

"우루루!"

그때 타조의 필살기 중 하나인 앞발차기가 발동되었다.

날개를 파닥이며 번개같이 날아든 타조가 예티에게 휘둘러지는 진흙 몬스터의 손모가지를 후려 찼다.

뻐억!

"그어어어!"

진흙 몬스터의 팔목이 뚝! 하고 부러졌다.

동시에.

"듀라라라라라란!"

꾸드득! 드드드드득! 쩌적!

예티가 오른팔을 뽑아냈다.

진흙 몬스터의 살과 근육이 찢어지고 뼈가 뽑혀 나오며 사방으로 피가 튀었다.

이어 꼬맹이와 블링이가 반대쪽 어깨까지 짓이겨 놓았다.

이제 진흙 몬스터는 몸뚱이만 남은 상황이었다.

승기는 비욘더들 쪽으로 완전히 기울었다.

덕분에 다들 상당히 고무되어 있는 가운데 애초부터 그 분위기에 어울리지 못하는 비욘더가 있었다.

"하음."

류시해였다. 그는 진흙 몬스터와 조우한 그때부터 아무것도 하지 않았다. 그저 조금 지루한 얼굴로 모든 광경을 지켜볼 뿐이었다.

"흐암."

나른한 고양이처럼 살짝 하품을 한 그가 독고진을 쳐다봤다. 그는 사지가 망가져 겨우 상체만 들어 올린 채로 패잔병처럼 앉아 있었다.

류시해가 그에게 다가가 허리를 구십 도로 숙이더니 자기의 얼굴을 바짝 들이밀었다.

"뭐 하는 거지?"

"그쪽 센서블 비욘더지?"

"난 피지컬 비욘……!"

"능력은 육체 강화. 강철처럼 몸이 딱딱한 것도 그 때문이고."

"……."

독고진의 말문이 막혔다.

무언은 곧 긍정이었다. 류시해가 씩 웃었다.

"내가 재미있는 거 하나 말해줄까? 있잖아……."

류시해가 독고진의 귀에 대고 작은 음성으로 어떤 이야기를 속삭였다.

"…재미있지?"

짧은 얘기를 전해준 류시해는 다시 상체를 들고서는 콘크리트 바리케이드를 넘어 군인들에게 다가갔다.

"보니까 대충 이긴 것 같은데 상황 종료라고 치고 난 가도 되지? 이래 봬도 바쁜 몸이라서."

서 중위는 별 대답 없이 고개를 끄덕였다.

사실 이건 규칙에 어긋나는 일이지만 류시해 같은 미친놈은 이상한 일 벌이기 전에 이렇게라도 사라져 주는 게 다행이었다.

오늘 아무것도 안 하고 상황을 지켜보기만 해준 것도 고마울 지경이었다면 말 다 했다.

류시해가 떠나고 난 뒤, 독고진은 완전히 충격에 빠져 넋 나간 얼굴이 되었다. 그의 눈동자에 도무지 주체할 수 없는 혼란이 가득 차올랐다.

"미쳤어."

독고진에게서 한참 떨어져 있던 민아림이 이해 못 하겠다는 얼굴로 고개를 저었다.

류시해가 독고진에게만 해줬던 얘기를 청력이 좋았던 민아림은 본의 아니게 같이 듣게 되었다.

"대체 무슨 생각을 하고 있는 거지, 저 사람?"

민아림은 류시해의 속을 도무지 이해할 수 없었다. 그가 했던 말은 다른 비온디들에게 끝내 들어가선 안 되는 것이었다.

두 사람이 혼란에 빠져 있을 때도 전투는 계속 진행되었다.

이미 결과는 불 보듯 뻔했다.

비온더들도 전력을 다하고 있었지만, 흰둥이가 한 대 맞음으로써 분기탱천한 펫들의 활약이 발군이었다.

"듀라라라라라라! 듀라라라! 듀라라라! 듀라란~! 듀라라! 듀라라라라! 듀라란! 듀라라라라라라라!"

'용서 못 해!'라는 의미의 소리를 내며 듀라란을 비롯한 펫들이 미친 듯한 공격을 퍼부었다. 이제는 한 대 맞았던 흰둥이도 정신을 차리고 가세했다.

뚜시뚜시.

퍽퍽.

자근자근.

몬스터들이 신나게 진흙 몬스터를 씹고 뜯고 즈려밟던 그때였다.

"사, 살려줘……."

진흙 몬스터의 배에 박혀 있던 김태하의 얼굴, 거기에 달린 입에서 다 죽어가는 음성이 흘러나왔다.

이어 여태 감겨 있던 김태하의 눈이 힘겹게 떠졌다.

"살려… 달라고."

비온더들의 시선이 일제히 김태하에게 집중되었다. 순간, 밴디지가 빠르게 다가와 김태하의 얼굴에 손을 댔다. 그건 누가 봐도 라이프 스틸을 시전하려는 자세였다.

"밴디지 형제! 아니 되오!"

설소하가 소리치며 밴디지에게 달려들었다.

그의 능력 라이프 스틸이 사람의 생명도 흡수할 수 있는 건지에 대해서는 아무도 모른다.

하지만 너무나 명확하게 그의 손동작은 결코 김태하를 몬스터에게서 빼내려 하는 것이 아니었다.

설소하는 밴디지를 막으려 했지만 한발 늦었다. 밴디지의 손이 이미 김태하의 이마에 닿았다.

"이런!"

뒤늦게 설소하가 쇠부채를 휘둘렀다. 강력한 풍압이 밴디지를 덮쳤다. 그러나 이미 라이프 스틸이 시전되기에 충분한 시간이 주어졌다.

휘우우웅— 콰앙!

빠르게 날아든 바람이 밴디지의 몸을 밀어 쳤다.

밴디지가 옆으로 죽 날아가 바닥을 구른 뒤, 벌떡 일어섰다.

설소하가 허겁지겁 달려가 김태하의 얼굴을 살폈다. 다행히도 아무런 이상이 없었다.

밴디지가 자신의 손을 보며 고개를 저었다.

"먹히지 않는군……."

붕대 너머에서 쇠를 긁는 듯한 섬뜩한 음성이 흘러나왔다.

다들 밴디지의 목소리는 처음 들어보는 터라 신기해하며 그를 바라봤다.

"후우."

가슴을 쓸어내린 설소하가 밴디지에게 질타하듯 따져 물었다.

"어쩌려는 것이었소, 밴디지 형제! 진정 우리와 같은 인간인 그를 죽이려던 것이었소?"

"…결국 살았잖아."

"그건 그대의 능력이 그에게 통하지 않았기 때문에 살아남은 것 아니오! 만약 통했다면 저 사람은 죽었을 것이외다!"

밴디지의 능력은 사람에게 효과를 발휘하지 못했다.

상황을 지켜보던 민아림은 밴디지라는 인물의 특성에 이 정보를 추가했다.

그때 진흙 몬스터를 두들기는 펫들을 지켜보던 아진이 밴디지와 설소하 사이에 끼어들었다.

"그래. 죽이면 안 되지, 이 새끼는."

"보시오! 아진 군도 그리 말하지 않……!"

"내가 죽여야 하거든."

설소하가 당황해서 아진을 바라봤다.

"하지만 여기서 쉽게 죽일 생각은 없어."

김태하는 전생에서 아진을 자살로 몰아넣었다.

그리고 이번 생에서는 아진을 죽일 셈으로 던전에 떨어뜨렸다.

인류이니 도덕이니 다 개나 줘버리라 그래. 난 그런 거 몰라. 아진의 솔직한 마음이었다.

절대로 이렇게 쉽게 죽여서는 안 된다.

그래서 아진은 김태하를 구하기로 했다.

그가 누리시드에서 구입한 스케라 소드를 꺼냈다.

스케라 소드는 전신이 새하얗다는 걸 빼면 길이와 검의 넓이, 양날검이라는 것까지 롱소드와 비슷했다.

아진은 스케라 소드를 두 손으로 잡고 몬스터의 몸에다 날렵하게 휘둘렀다.

슈각! 서걱!

군더더기 없이 깔끔한 동작이 몇 번 이어지고 난 뒤.

"그으어어어어어어어!"

진흙 몬스터의 고함과 함께 김태하를 감싸고 있던 복부의 살이 쩍! 뜯겨 나갔다.

그런 아진의 모습을 본 다른 비욘더들이 크게 놀랐다.

'검까지 다뤄?'

처음부터 검을 차고 있는 걸 보긴 했으나 설마 이토록 능숙하게 다룰 수 있을 것이란 생각은 못 했다.

없는 것보단 나을 테니 차고 다니는 정도라고 판단했다.

한데 아니었다.

그의 실력은 전문적으로 검을 배운 자의 것이었다.

털썩!

김태하는 발가벗겨진 채로 살덩이와 뒤섞여 바닥을 굴렀다. 그의 맨몸이 피에 젖어 범벅이 되었다.

설소하가 입고 있던 저고리를 풀어 김태하의 하반신을 가려준 뒤, 그를 안고 군인들에게 다가갔다.

"안전하게 병원으로 이송 부탁드리겠소."

군인들이 서 중위의 명령에 따라 바삐 움직여 김태하를 막사 안으로 날랐다.

이제는 몬스터를 정리해야 할 때였다.

다른 비욘더들의 공격으로 몬스터의 몸을 감싸고 있던 진흙은 대부분 파훼되었다. 아진이 마무리를 짓기 위해 스케라 소드를 들고 훌쩍 뛰어올랐다.

'끝이다!'

아진의 검끝이 정확히 진흙 몬스터의 미간을 노렸다.

한데 그때.

"그오오오오오오오!"

진흙 몬스터가 사자후를 내질렀다.

녀석의 얼굴로 맹렬히 내리꽂히던 아진이 충격파를 얻어맞고 뒤로 날아갔다.

"큭!"

이어 믿지 못할 상황이 벌어졌다.

진흙 몬스터의 잘려 나갔단 사지가 순식간에 자라났다.

떨어져 나간 진흙은 복구되지 않았으나, 그게 없어도 가히 위력적인 몬스터였다.

놈은 비욘더들이 당황한 사이 벌떡 일어나 울부짖었다.

"구오오오오!"

그러자 비욘더들이 서 있던 지면에서 뾰족한 돌창 수십 개가 솟구쳐 올랐다.

드드드드드드!

게다가 지진까지 일었다.

마법이었다.

가뜩이나 중심을 잡기 힘든데 돌창이 쉼 없이 솟구쳐 오르니 여간 피하기가 어려운 게 아니었다. 그 상황에서 진흙 몬스터의 육탄 공격이 더해졌다.

쐐애액! 퍽! 빠악!

"악!"

"크윽!"

돌창을 피하는 데 혈안이 되어 있던 남지혁과 김주혁이 제대로 된 일격을 얻어맞고 뒤로 날아가 콘크리트 바리케이드에 부딪혔다.

"쿨럭!"

남지혁의 입에서 피가 쏟아졌다.

민아림이 황급히 그들에게 치유의 힘을 전개했다.

두 사람의 상처가 빠르게 아물기 시작했다. 한데 민아림도 안전지대에 서 있는 것은 아니었다.

"민 소저!"

설소하는 전투 능력이 없는 민아림에게 달려가 그녀를 업었다. 그의 발밑에서 돌창이 무섭게 솟아올랐다.

한 손에 든 쇠부채를 휘두르며 풍압을 이용해 그것을 물리친 설소하가 힘껏 뛰어오르며 바닥을 향해 한 번 더 부채질을 했다.

그러자 강력한 바람이 그를 밀어냈다. 민아림을 업은 설소하의 몸이 막사 쪽을 향해 날아갔다.

한데 그때 설소하의 등을 매서운 살기가 덮쳐왔다.

설소하가 허공에서 몸을 백팔십도 틀었다. 동시에 진흙 몬스터의 주먹이 그의 몸을 후려쳤다.

빠악!

"크악!"

설소하에게 업혀 있던 민아림이 그 충격으로 튀어 나가 바리케이드를 넘어 버스에 머리를 부딪혔다.

쾅!

"꺅!"

군인들이 우르르 달려어 기절한 민아림을 부축했다.

설소하는 제법 큰 대미지를 입었으나 다시 일어나서 맞서려 했다. 그런데 시야가 흔들렸다. 뇌에 충격이 간 것이다.

가장 강한 전력이었던 그가 무용지물이 되어버리자 대대장은 서 중위에게 눈짓을 보냈다. 공격 명령을 내리라는 압박이었다. 서 중위는 애써 그 시선을 모른 척하며 주먹을 꽉 쥐었다.

'제발! 제발!'

그가 기적이 일어나기를 빌었다.

하지만.

퍼억! 퍽!

밴디지와 이환마저도 진흙 몬스터를 당해내지 못하고 주먹에 맞아 날아갔다.

땅바닥에 굴렀다가 다시 일어서는 두 사람의 발밑에서 십수 개의 돌창이 솟구쳐 올랐고.

푸욱! 푸푹!

"으음……."

"꺄!"

밴디지는 허벅지를, 이환은 오른쪽 발과 왼쪽 어깨를 관통당했다.

둘 다 전투 불능이 되어버렸다.

불행 중 다행으로 마법 공격은 거기에서 끝났다. 진흙 몬스터의 포스가 바닥난 것이다.

이제 전장에 남아 있는 건 아진과 그의 펫들뿐이었다.

물론 그들도 멀쩡한 건 아니었다.

정신없이 이어진 몬스터의 공격에 여기저기 찢기고 뚫리고 부러져 만신창이가 되었다. 그래도 전투가 불가능한 건 아니었다.

진흙 몬스터의 눈에서 붉은 안광이 일었다.

"구오오오오오!"

크게 포효한 진흙 몬스터가 전에 없이 빠른 속도로 주먹을 휘둘렀다. 아진과 펫들이 이를 힘겹게 피했다.

그 광경을 보고 있던 이환은 속으로 생각했다.

'비슷해… 그때랑.'

폭주하고 있는 진흙 몬스터의 모습이 어쩐지 폭주령에 빠졌던 아진과 비슷하다고 느꼈다.

당시 아진이 뿜어내던 통제할 수 없는 광기의 에너지가 지금의 진흙 몬스터에게서 보이는 듯했다.

'아진 님은 죽음의 위기 속에서 폭주했었어. 혹시 저 몬스터도……?'

목숨이 경각에 달했을지 모르는 일이다.

물론 확신은 할 수 없다.

애초에 사람인 아진과 몬스터를 비교한다는 것 자체가 말이 안 된다.

그런데 왜인지 이환은 계속해서 몬스터에 아진의 모습이 겹쳐 보였다.

어찌 되었든 지금은 도박을 할 수밖에 없는 상황이다.

"아진 님! 한 방이에요! 한 방만 강하게 먹이면 이길 수 있어요!"

이환이 소리쳤다.

그렇다는 보장은 없었지만 왠지 모르게 자신의 육감이 맞을 것이라 생각했다.

"안 그래도 지금 그러려던 참이거든!"

아진이 몬스터의 공격을 계속 피하다 빈틈이 드러난 순간 스케라 소드를 얼굴로 던졌다.

쐐애애애액—!

진흙 몬스터가 그것을 손으로 쳐냈다.

"얘들아! 반격해!"

아진의 음성에 펫들이 일제히 총공격을 퍼부었다. 이걸로 미쳐 날뛰는 진흙 몬스터의 발목을 얼마나 잡아둘 수 있을까? 5초? 아니, 지금 아진에겐 3초만 벌어도 충분했다.

아진이 스케라 건을 꺼내 들었다.

그리고 마법을 광속 시전했다.

3클래스 이상의 마법을 익힐 순 없었지만, 누구보다 마법 공식을 빨리 조합할 수 있었던 동급 최강 마법사! 그게 루아진이었다.

"파이어 볼! 파이어 볼! 파이어 볼!"

아진이 스케라 건에 파이어 볼을 세 번 중첩시켰다.

그러는 사이!

"그오오오오오!"

진흙 몬스터가 또 한 번 포효하며 사자후를 토해냈다.

충격파가 펫들을 후려쳤다.

데굴데굴데굴데굴.

"듀라라~"

"뀨우!"

"토톳!"

"우루루~"

"라라랑~"

펫들이 충격파에 맞아 바닥을 마구 굴렀다.

"잘 버텼다, 예쁜 것들!"

아진이 그런 펫들을 독려하며 진흙 몬스터에게 달려들었다.

"그오오오오!"

진흙 몬스터가 기성과 함께 아진에게 주먹을 내질렀다.

아진은 주먹이 닿기 전, 씩 웃으며 스케라 건의 방아쇠를 당겼다.

"처먹어라, 새끼야!"

탕! 쐐애애애애액! 쿠와앙!

진흙 몬스터의 주먹과 3중첩된 파이어 볼이 맞부딪혔다.

고막이 터져 나갈 듯한 굉음과 함께 사방으로 퍼져 나간 충격파가 대지를 어지럽히고 지축을 흔들었다.

아진의 몸이 해머에 두들겨 맞기라도 한 듯 튕겨졌다.

콰아아아아앙—!

불덩이는 한 번 터진 뒤 2차 폭발을 일으키며 덩치를 불렸다.

진흙 몬스터의 주먹이 산산이 부서졌다. 이윽고 그의 몸이 불길에 잠식당했다.

화르르륵!

"그어어어어……!"

녀석의 비명도 불덩이에 먹혔다.

뜨거운 불 속에서 허우적거리던 진흙 몬스터는 결국 눈을 감고 바닥에 쓰러졌다.

쿠웅!

더 이상 진흙 몬스터는 움직이지 않았다.

숨이 끊기고 심장이 멎었다.

서 중위가 던전 레이더를 살폈다. 몬스터의 반응이 잡히지 않았다.

비욘더가 이겼다.

대대장은 콧잔등을 잔뜩 찌푸리더니 헛기침을 하며 막사로 들어갔다.

*   *   *

"흐아아."

다리에 힘이 풀린다.

지구에 돌아와서 이렇게 괴물 같은 놈이랑 붙어보는 건 처음이었다.

　격전이 있고 난 지 10여 분이 흘렀다.

　기절했던 민아림이 제법 빨리 정신을 차린 덕분에 비욘더들은 모두 그녀의 능력으로 상처를 치유했다.

　거의 반송장 상태였던 독고진도 완벽히 치료를 받았다.

　아직까지 기절해 있는 지동찬을 제외하고 모두가 한자리에 모였다.

　우리 앞엔 까맣게 타버린 몬스터의 시체가 대자로 뻗어 있었다.

　나는 몬스터에게 시선을 둔 채 이환에게 물었다.

　"어떻게 알았어요?"

　"네?"

　"한 방 크게 먹이면 저 녀석 쓰러질 거라는 거."

　"아… 그럴 것 같았어요."

　"그게 지금 말이에요, 방구예요?"

　"왜, 아진 씨도 저랑 처음 만났던 날 똑같이 얘기했었잖아요. 몬스터들 약점을 어떻게 아느냐고 물었더니 그럴 것 같았다면서요? 비슷한 거기고 해두죠."

　"그건 농담이었잖아요."

　"그냥 넘어가 주셨으면 하네요."

　참 특이한 여자란 말이야.

그런데 독고진 저 자식은 아까부터 표정이 왜 저래? 답지 않게 엄청 심각하네? 아니, 그리고 류시해 이 자식은 또 어디 갔어? 진짜 엉망진창이구나.

"자, 힘든 싸움이었지만 황천길 걸어간 동료 없이 일을 마무리 지었으니 다행이외다. 모두 돌아가서 오늘은 푹 쉬도록 하시오."

설소하가 나서서 상황을 마무리하려던 그때였다.

삐빅—

비욘더들 전원의 던전 레이더가 몬스터의 존재를 감지했다.

"어?"

혹시 진흙 몬스터 저 자식이 또 부활하는 건 아니겠지?

모두의 시선이 불안함을 담은 채 진흙 몬스터에게 향했다. 한데, 진흙 몬스터의 왼쪽 가슴이 불뚝거리더니 살을 뚫고 핏물과 함께 무언가가 튀어나왔다.

쉭— 톡. 데구르르.

딱 표준 규격 베개를 두 개 정도 겹쳐놓은 크기의 통짜 몸매에 짧은 팔다리와 꼬리가 달린 몬스터가 바닥에 떨어졌다.

비욘더들이 놀라서 전투 자세를 취했다.

하지만 난 그들과 달리 몬스터의 모습을 자세히 관찰했다.

몸 전체를 감싸고 있는 털은 황갈색에다 배에 난 털은 하얗고… 귀는 판다 귀마냥 동그라네? 얼굴도 전부 하얀 털로 가득한데, 양쪽 뺨에는 연지곤지를 찍은 것마냥 분홍색 털이 자란 것으로 보아… 서, 설마!

　그때 몬스터의 입이 열리며 희미한 울음소리가 들렸다.

　"샤… 샤~ 샤아~"

　저거… 희귀 몬스터 샤오샤오다!

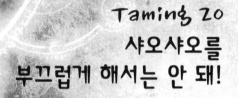

Taming 20
샤오샤오를
부끄럽게 해서는 안 돼!

상황이 종료된 던전 근처에 구급차가 도착했다.

그때쯤, 막사에 누워 있던 지동찬이 정신을 차리고 일어났다.

"으으……."

민아림의 능력으로 외상은 치료됐지만 머리가 지끈거렸다.

한 손으로 관자놀이를 꾹 누른 지동찬이 무심코 옆으로 고개를 돌렸다가 헛숨을 들이켰다.

"헙!"

그의 옆엔 시체처럼 누워 있는 김태하가 힘겹게 뜬 눈으로 서릿발 가득한 시선을 던지고 있었다.

"태, 태하야… 괘, 괜찮아?"

"……."

"저기… 내가 그동안 널 좀 오해한 것 같……."

"개씨발새끼."

"…어?"

갑자기 튀어나온 김태하의 욕설에 지동찬의 말문이 막혔다.

"내가 아니라 너였는데……."

그리 말하는 김태하의 눈동자엔 분노와 원망이 가득 담겨 있었다.

지동찬은 그런 김태하를 최대한 이해하려 노력했다.

"그, 그래. 알아. 그리고 이해해. 나 같아도 친구 대신 희생했다가 그런 꼴 당하면 분명 후회되고 원망스러울 것 같아."

"이해… 해? 뭘 이해해? 내가 아니라 너였다고."

"알고 있다니까?"

"너였다고 씨발새끼야!"

"알아, 안다고, 태하야."

"근데 류시해 이 개새끼가 날 몬스터 아가리에다가 밀어 넣었다고!"

"……!"

지동찬의 머리에 잠시 과부하가 걸렸다.

자신을 찢어 죽일 듯 노려보는 김태하의 시선을 고스란히 받아내며 지동찬이 떨리는 음성으로 물었다.

"그, 그게… 무슨 소리야?"

"귓구멍에 좆 박았냐! 내가 지금……!"

악귀 같은 얼굴로 악을 써대던 김태하의 정신이 순간 아찔해졌다.

가뜩이나 몸이 허해진 상태인데 성을 내며 에너지를 소비하니 심신이 견디지를 못한 것이다.

"흐으으."

김태하는 풍선 바람 빠지는 소리를 내며 눈을 질끈 감았다.

지동찬은 그런 김태하에게서 시선을 떼지 못한 채 어지러운 머릿속을 정리했다.

'태하가 날 구하려고 대신 먹힌 게 아니라… 류시해 때문에 어쩔 수 없이 먹힌 거라고?'

지동찬은 김태하의 말이 거짓이길 바랐다.

하지만.

"씨발새끼… 류시해도… 너도… 죽여 버릴거야. 내가 왜… 왜 씨발, 네가 당했어야 할 고통을……!"

김태하의 반응으로 봐서 그는 거짓을 말하고 있지 않았다.

그럼 대체 왜? 무엇 때문에 류시해는 내게 그런 거짓말을 한 거지?

도무지 그 인간의 저의가 무언지 파악할 수가 없었다.

생각을 하려 들수록 혼란만 가중되었다.

"태하야… 나, 난… 아무것도 몰랐어. 진짜……."

"닥쳐. 너 개새끼야. 내가 잡아먹히고 있을 때 아무것도 안 했잖아. 그냥 도망갔잖아!"

"그, 그건……."

"입 닫아. 찢어 죽여 버리기 전에."

"……."

진심이었다.

김태하는 지동찬을 무섭게 원망하고 있었다.

지동찬은 입이 열 개라도 할 말이 없었다. 친구를 버리고 도망친 건 부정할 수 없는 일이다.

지동찬이 양심의 가책을 느끼는 것과 비례해서 김태하는 분노에 돌아버릴 지경이었다.

한 달 동안 먹지도 마시지도 못했다.

차라리 죽어버리면 편할 것 같은데, 그는 계속 살아 있었다.

몬스터의 몸에 갇혀 사방이 암흑인 이상한 공간 속에서 오랜 시간을 그저 부유할 뿐이었다.

빛도, 소리도, 아무것도 없는 어둠 속에 갇혀 한 달을 산다는 건 쉽지 않은 일이었다.

그는 미치기 일보 직전이었다.

그러다 갑자기 한 줄기 빛이 비쳤고, 정신을 차려보니 비욘더들이 그를 둘러싸고 있었다.

"끄으으......."

김태하가 심각한 두통에 다시 신음을 흘렸다.

그때, 막사 안으로 군인들이 들어와 김태하와 지동찬을 들것에 옮기려 했다.

"저, 저는 괜찮아요."

지동찬이 손사래 치자, 군인들은 김태하만 수습해 나갔다.

김태하는 마지막까지 지동찬을 무섭게 노려보며 이를 갈았다.

"하아… 씨발."

지동찬이 두 손으로 머리카락을 움켜쥐었다.

괴로운 한숨이 입 밖으로 연신 새어 나왔다.

＊　　　＊　　　＊

독고진은 계속 멍한 상태였다.

그는 오늘 충격을 너무 많이 받았다.

가장 처음 그의 멘탈을 흔든 건 자신이 진흙 몬스터에게 제대로 힘 한번 못 써보고 엉망으로 당했다는 것이다.

두 번째로는 실소하의 이해 못 할 모습이었다.

세 번째로, 설소하와 류시해가 자신의 정체를 파악하고 있었다는 사실이었다.

독고진의 능력은 류시해가 파악한 것처럼 센서블 계열로 육체 강화였다. 육신이 쇳덩이처럼 단단해지는 초능력이 그의 힘이었다.

한데 그가 자신의 능력을 피지컬로 위장하려 했던 건, 진짜 능력을 숨겨 아무도 자신에 대해 제대로 파악하지 못하도록 하기 위함이었다.

그는 아무도 믿지 않았다.

동료 비욘더라고 해도 언제 뒤통수를 칠지 모른다는 생각이 팽배했다.

그런 과도한 의심이 자신의 능력을 숨기게 만든 것이다.

마지막으로 그의 멘탈을 아주 강하게 흔들어놓은 네 번째 사건은 류시해의 말이었다.

"내가 재미있는 거 하나 말해줄까? 있잖아, 나는 알고 있거든. 그쪽이 어디 출신인지. 고아인 척하고 있지만 네 부모는 둘 다 레지스탕스의 무법자들이었잖아? 물론 몇 년 전까지 너도 그랬고. 그런 네가 국가 소속 비욘더로 활동하고 있다라… 다른 비욘더들이 이 사실을 알게 되면 어떻게 될까? 응? 응~? 으응~? 푸흡. 누군가 발설하기 전에 네가 있어야 할 곳으로 돌아가는 게 낫지 않겠어, 근육돼지? 하음~ 그림은 나쁘지 않네? 계속 출신을 속이고 외줄타기 하는 심정으로 비욘더 짓을 하느냐, 속 편하게 고향으로 돌아가느냐… 갈림길에서 갈팡질팡 하게 될 네 모습. 참 재미있지?"

레지스탕스는 한국 전역에 퍼진 대규모 범죄자 집단으로 그 수뇌부는 전부 비욘더들로 이루어져 있다.

그들의 이념은 무정부 시절로 돌아가 약육강식의 세계가 도래하도록 만드는 것이다.

비록 지금은 조용히 눈치를 보고 있지만 언제 터질지 모르는 시한폭탄 같은 존재다.

독고진의 부모는 그 레지스탕스 출신이었다.

독고진도 몇 년 전까지 레지스탕스의 일원으로 활동했다.

그걸 어떻게 알았는지 류시해가 파악했고, 자기 입으로 불어버리기 전에 알아서 나가라는 협박을 던졌다.

민아림도 이를 함께 들은 터라 독고진이 앞으로 어떻게 나올지 신경이 쓰였다.

독고진이 한창 사색에 빠져 있을 때.

쉭— 톡. 데구르르.

샤오샤오가 바닥에 떨어졌다.

＊　　　　＊　　　　＊

"샤… 샤~ 샤~"

던전 입구에 있는 일곱 명의 비욘더는 샤오샤오를 잔뜩 경계했다.

물론 나는 조금도 경계하지 않았다.

"어? 저 녀석 레벨 4야!"

남지혁이 소리쳤다.

던전 레이더가 샤오샤오의 에너지를 읽어 수치로 환산한 것이다.

"불화의 씨앗이 되기 전에 처리해야겠구려."

설소하가 접혀 있던 쇠부채를 쫙 펼쳤다.

"아니, 내가 하겠습니다."

독고진이 설소하를 막아서며 나섰다.

저 인간이 조금 전까지 멍때리더니 갑자기 왜 저래?

"진 아우. 안색이 안 좋아 보이는데 조금 쉬는 것이 어떻겠소?"

"그래서 뭐라도 해야겠습니다! 안 그러면 이 거지 같은 기분을 떨쳐낼 수가 없을 것 같거든요."

"하나 4레벨 몬스터라네. 섣불리 덤볐다간……."

"힘 다 빠져서 숨만 겨우 쉬고 있는데, 지가 뭘 어쩌겠습니까!"

독고진은 누가 말려도 듣지 않을 기세였다.

그래서 결국 내가 나섰다.

"잠깐만. 다들 집중 좀 해보세요. 특히 독고진 아저씨."

"누구더러 아저씨라는 거냐."

독고진이 이글거리는 눈으로 날 노려봤다. 저게 더 맞아야 정신 차리려나? 난 그런 독고진에게 무심하게 물었다.

"선택해, 그럼. 아저씨, 너. 둘 중 어느 거?"

"이 어린놈이……."

"맞고 싶냐, 어린놈한테?"

"끄으."

실력으로는 나한테 안된다는 걸 뻔히 알고 있는 마당이니 독고진은 앓는 소리만 냈다. 그런 독고진을 무시하고서 다시 말을 이어나갔다.

"아무튼 다들 들어봐요. 이 몬스터가 왜 진흙 몬스터의 심장에서 뛰쳐나왔을까요? 저는 두 가지 추론을 할 수 있다고 봐요."

"그러고 보니 궁금하긴 하네. 어떻게 된 거지? 아까 그 사람처럼 놈이 몸에 흡수했다가 죽으니까 다시 튀어나온 건가?"

김주혁이 턱을 쓰다듬으며 관심을 드러냈다.

"뭐 이건… 비욘더 길드에다 보고해야 할 내용이긴 한데, 이 작은 몬스터가 진흙 몬스터를 움직이게 만들어준 '핵' 같은 게 아니었을까 싶네요."

"이해가 어려운데."

"순전히 추측이지만, 이 진흙 몬스터는 우리가 일반적으로 조우하던 몬스터와 달리 누군가 '만들어낸' 몬스터일 가능성이 있지 않을까 싶다는 거죠."

사실 추측이 아니다.

나는 에스테리앙 대륙에서 이딴 녀석을 본 적이 없다.

하지만 이런 짓거리를 했던 집단을 알고 있다.

몬스터와 몬스터를 교배하거나, 유전자를 섞거나, 시체 더미를 엮어 거대한 육신을 만든 뒤, 동력원이 되어줄 다른 몬스터를 산 채로 넣어 새로운 몬스터를 만들어내는 광기의 집단!

'페라모사.'

그 녀석들은 자신들의 말에 복종하는 변종 몬스터, 통칭 '키메라'를 만들어 세상을 지배하려 했다.

웃기게도 이 녀석들이 이런 힌트를 얻은 건 테이머들 때문이었다.

몬스터를 조종하는 능력! 그것은 인간이 가질 수 있는 가장 큰 축복이라고 그들은 말했다.

그러나 아무나 테이머가 될 수는 없는 법.

페라모사는 테이밍 능력을 갖지 못하는 대신에 길들여지는 몬스터를 만들어내기로 한 것이다.

아무튼 우리가 죽여 버린 이 진흙 몬스터는 놈들의 손에서 탄생했던 키메라의 구조와 닮아있다.

그 증거로 심장에서 샤오샤오가 튀어나왔다.

샤오샤오는 4레벨 전투형 몬스터이면서 뛰어난 자가치유력을 가지고 있다.

진흙 몬스터가 계속해서 자가 치유를 했던 건 모두 샤오샤오를 '핵'으로 사용했기 때문이었다.

그리고 샤오샤오가 심장에서 튀어나온 지금, 몬스터의 몸은 수백 조각으로 나뉘더니 빠르게 썩어버렸다.

저게 몬스터의 시체를 서로 기워서 만든 몸뚱이기 때문에 당연한 현상이다. 그동안은 샤오샤오의 자가치유력으로 몸의 부패가 진행되지 않았던 것이다.

'그렇다는 건 이 몬스터들이 에스테리앙 대륙에서 넘어오는 게 확실하다는 건데.'

혹, 페라모사와 몬스터들의 차원 이동이 연관이 있는 건가?

골치가 아팠다. 일단 그 생각은 나중에 하기로 하자. 지금은 시작한 얘기를 끝맺어야 하니까.

"그러니까 진흙 몬스터는 만들어진… 생체 병기 같은 거고, 이 작은 녀석이 그 안에 들어가 심장 역할을 해줬던 게 아닐까 싶네요. 물론 추측일 뿐이니까 따지고 드는 건 사양합니다. 누가 그런 짓을 한 것이냐 따지면? 나도 몰라요. 사실 이 작은 몬스터가 심장에서 튀어나온 두 번째 이유! 이게 중요합니다."

"그게 무엇이오?"

설소하의 물음에 나는 방긋 웃으며 대답했다.

나한테 베이빙낭하려고.

내 말에 다들 황당한 얼굴이 되었다. 아니, 여전히 사람들과 거리를 두고서 부끄러워하고 있는 민아림만 그럴싸하다는 표정으로 고개를 끄덕였다.

그러다 나와 눈이 마주치자 두 손으로 뺨을 가리고 고개를 홱 돌렸다.

그러고 보니 쟤, 샤오샤오랑 되게 닮았네?

"그럼 테이밍을 시작하……."

"웃기는 소리!"

독고진이 버럭 소리쳤다.

그 바람에 샤오샤오가 완전히 정신을 차렸다.

"샤… 샤샤샤?!"

놀란 샤오샤오가 벌떡 일어나 주변을 살피더니 얼굴을 붉게 물들이고서 뒤로 후다닥 물러나려 했다.

하지만 진흙 몬스터의 안에서 힘을 너무 소진했기 때문인지 짧은 다리로 뒤뚱거리다가 벌러덩 나자빠졌다.

샤오샤오는 다시 벌떡 일어서서 이러지도 저러지도 못했다.

쟤가 지금 뭐 하는 거냐면 독고진을 비롯한 다른 인간들이 무서워서 벌벌 떠는 게 아니다.

샤오샤오는 천성이 부끄럼쟁이다.

그래서 내가 민아림을 보고 샤오샤오와 닮았다고 한 거다.

샤오샤오는 사람으로 치자면 타고난 무술가다. 겉모습은 그냥 베개 두 개를 겹쳐놓은 듯한 몸뚱이에다가 땡그란 얼굴 하나 얹고 짧은 팔다리 붙여놓은 것처럼 아담했지만, 사실은 엄청난 파괴력과 스피드를 숨기고 있다.

한데 생김새가 햄스터와 판다를 섞어놓은 것마냥 귀여웠고 부끄럼이 많아 자주 도망을 다녀서 모르는 사람들은 링링보다 약할 것이라 오해할 때도 있다.

독고진이 지금 딱 그 상황이다.

샤오샤오가 도망만 치니까 겁을 먹은 줄 알고 아주 늠름하게 다가서고 있었다.

"샤샤! 샤아아~"

샤오샤오는 엄청 부끄러워하며 뒷걸음질 치다가.

턱.

진흙 몬스터의 거대한 시체에 등을 부딪혔다.

더 이상 도망갈 곳이 없었다.

독고진이 씩 웃으며 그런 샤오샤오 앞에 가까이 다가가 주먹을 말아 쥐었다.

다른 생명체가 워낙 가까이 다가오니 샤오샤오의 부끄러움이 극에 달했다.

더 놔두면 안 될 것 같아 난 독고진에게 말했다.

"거기서 그만하는 게……."

"흥! 네가 테이밍하게 둘 것 같은가! 저 빌어먹을 큰 몬스터를 조종하고 있던 놈이다, 내가 죽인다!"

"샤샤샤~"

샤오샤오가 고개를 좌우로 휙휙 저으며 싫다는 제스처를 취했다.

그러거나 말거나 독고진은 주먹을 내질렀다.

순간.

"샤앗!"

샤오샤오는 얼굴 전체가 빨갛게 달아올라 부끄러워 죽으려 하며 훌쩍 뛰어오르더니 고사리만 한 주먹을 내질렀다.

뼈억!

"켁!?"

샤오샤오의 주먹이 독고진의 얼굴에 제대로 들어갔다.

독고진의 두 다리가 붕 뜨더니 뒤로 밀려 나갔다.

쿠당탕탕탕탕!

무섭게 날아간 독고진은 콘크리트 바닥에 다섯 번을 튕기고 나서야 겨우 멈췄다.

인간 물수제비를 본 기분이다.

비욘더들의 입이 쩍 벌어졌다.

"샤아~ 샤아아~"

샤오샤오가 숨을 헐떡이며 여전히 부끄러워하고 있었다.

그래서 내가 그만하는 게 좋을 거라고 말했잖아.

샤오샤오를 절대 부끄럽게 해서는 안 돼.

샤오샤오를 부끄럽게 했다간 좆되는 거야.

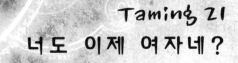

Taming 21
너도 이제 여자네?

샤오샤오는 에스테리앙 대륙에서도 개체수가 얼마 안 되는 희귀종이다. 이 녀석들은 군집해 살아가는 다른 몬스터들과 달리 여기저기 뿔뿔이 흩어져 여행을 하며 지낸다.

개인주의적 성향이 강하고 방랑벽이 심하기 때문이다.

어느 지역 어떤 기후에서도 견딜 수 있고, 잡식성이기에 혼자서 살아가는 데 전혀 문제가 없었다.

그렇게 여행을 하다 우연히 같은 종족을 만나면 부끄러워서 서로 피한다. 그것이 이성일 경우 더 심하다.

때문에 이놈들은 사랑에 빠져 번식을 하는 경우가 드물다.

이런 실정이다 보니 개체수가 적은 게 당연했다.

한데도 끝끝내 멸종하지 않았던 이유는 녀석들의 수명이 300년 정도로 제법 길기 때문이다.

샤오샤오는 같은 종족은 물론 다른 모든 생명체들과 마주하는 것 자체를 부끄러워한다.

그런데 간혹가다 샤오샤오에게 과도한 집착을 보이는 몬스터들이 있다. 3레벨 몬스터 듀라란과 4레벨 뼈다귀 몬스터 스케라가 대표적인 예다. 이 녀석들은 샤오샤오가 눈에 띄면 뭐에 홀린 듯이 쫓아다니며 애정 공세를 펼친다.

부끄럼쟁이 샤오샤오는 꽁지가 빠져라 도망 다닌다. 한데 그럼에도 지치지 않고 호의적인 행동을 계속하면 결국 마음을 활짝 연다.

물론 이건 몬스터에게 한정되는 얘기다.

몬스터 외에 사람이나 기타 동물들이 아무리 호의적인 행동을 해봤자 그 결과는 독고진 꼴 당하기 십상이다.

한번 다른 몬스터에게 마음을 연 샤오샤오는 세상 제일가는 애정을 보여준다.

그 몬스터에게 비비적거리고 안기고 껴안고 물고 빨고 핥고 난리가 난다.

그러나 샤오샤오의 마음을 얻는 게 쉬운 일은 아니다.

샤오샤오가 몬스터들이 지속적인 애정을 보여주면 결국 마음을 여는 건 맞지만 조금 전 보았듯이 부끄러움이 극에 달하면 주먹부터 나가 버린다. 그러니까 구타당하는 것을 감내해야 한다는 말이다.

쉽게 얘기해서 다른 종족들에겐 마음을 끝끝내 열지 않으면서 두들겨 패지만, 몬스터들에게는 패도 패도 계속 다가오면 마지못해 마음을 연다는 뜻이다.

그리고 내게는 다섯 마리의 몬스터가 있다.

"소환. 블링, 꼬맹이, 흰둥이, 타조, 예티!"

전투가 끝난 뒤 아공간으로 보냈던 펫들을 다시 소환했다.

비욘더들은 저 멀리 나가떨어진 독고진의 안위를 걱정하다가 일제히 펫들에게 시선을 모았다.

"귀, 귀여워……."

민아림이 저도 모르게 큰 소리로 말했다가 화들짝 놀라 입을 가렸다.

"진짜 이 녀석들… 적으로 만나 치고받고 싸우기만 할 때는 몰랐는데 이렇게 보니까 엄청 귀엽네."

남지혁이 타조의 머리를 쓰다듬었다.

그러자 타조가 우루루루~ 하고 울며 목춤을 췄다.

"하핫. 이 녀석 춤도 추네?"

그 모습이 귀여운지 남지혁이 하하 웃었다.

나도 하하 웃으며 말했다.

"네, 목춤이라고 짝짓기하고 싶다는 뜻이에요."

"……?!"

남지혁이 엉덩이를 가리고서 후다닥 뒤로 물러났다.

"한번 해봐, 테이밍."

김주혁이 내게 다가와 어깨동무를 했다.

참 상대방 편하게 해주는 매력이 있단 말이야, 이 사람.

"당연히 그래야죠."

비온더들은 전부 호기심 가득한 얼굴로 날 주목했다.

세상 모든 일에 관심 끊고 아웃사이더로 지낼 것 같은 이미지의 밴디지도 지금은 내게 집중하고 있었다.

"얘들아. 일렬로 집합!"

내 명령에 펫들이 후다닥 달려와 내 앞에 일렬로 섰다.

차차착!

"지금부터 샤오샤오에게 무한 애정 공세를 펼친다. 오케이?"

펫들이 동시에 고개를 끄덕였다.

끄덕끄덕!

"시작!"

펫들이 샤오샤오를 사방에서 포위했다.

"샤샷……?"

샤오샤오는 다섯 명의 다른 몬스터가 다가오려 하자 부끄러워 어쩔 줄 몰라 했다.

도망가고 싶은 마음이 역력한데 힘이 빠져 그게 여의치 않은 모양새였다.

내 펫들은 그런 샤오샤오에게 천천히 다가가며 온갖 매력 발산을 해댔다.

블링이는 눈웃음을 잔뜩 짓고서 젤리 같은 반구형의 몸을 좌우로 흔들흔들거렸다.

꼬맹이는 엄지와 검지로 하트를 만들어서 머리 위에 얹고 헤실헤실 웃었다.

흰둥이는 상대방을 홀리는 마성의 음성으로 '라라라라랑~' 아름답게 노래하면서 수천 개의 하얀 털을 샤라라라락 너울거렸다. 여섯 개의 촉수도 밖으로 꺼내 웨이브 타듯 열심히 흔들어댔다.

예티는 큰 덩치에 어울리지 않게, 두 손으로 얼굴에 꽃받침을 하고서 종종걸음으로 조심조심 다가갔다.

입으로는 연신 듀라라라라~ 하며 울어댔다.

마지막으로 타조는 이글거리는 시선으로 샤오샤오를 바라보며 열과 성을 다해서 목춤을… 좀 추지 마, 이 자식아!

"샤, 샤샤~"

샤오샤오가 바들바들 떨었다.

그래도 내 펫들은 멈추지 않고 다가가 샤오샤오의 몸에다 자신들의 몸을 마구 비벼댔다.

부비부비.

"샤… 샤샤!"

샤오샤오는 얼굴이 붉게 물들어 터질 지경이 되었다.

그래도 펫들은 애정 공세를 멈추지 않았고 결국.

"샤샤샤샷!"

퍼퍼퍼퍼퍽!

번개 같은 속도로 주먹을 휘둘렀다.

"뀨웃!"

"토톳!"

"라라랑!"

"듀라라라!"

"우루루!"

내 펫들이 동시에 비명을 지르며 나가떨어졌다.

과연 샤오샤오! 힘이 다 빠진 와중에도 극도로 부끄러워지면 일순 괴력을 발휘한다.

아무리 무방비 상태였다고 하지만 내 5성 몬스터들을 전부 한 방에 날려 버리다니.

볼수록 탐난다. 저 녀석은 절대로 놓칠 수 없다!

"타조! 회복 마법!"

5성까지 성장한 타조는 광범위 회복 마법을 시전할 수 있었다.

녀석의 능력으로 다친 펫들이 깔끔하게 회복되었다.

"다시 애정 공세!"

내 펫들이 전보다 더욱 애정을 담아 샤오샤오에게 다가갔다.

"샤하~ 샤아아~"

샤오샤오가 숨을 헐떡이며 이러지도 저러지도 못했다.

펫들은 그런 샤오샤오의 몸에 모여서 자기 몸을 비벼댔다.

부비부비.

잘한다!

백 번 찍어 안 넘어가나 보자!

*   *   *

17번의 시도 끝에 결국 해냈다.

"샤샤샤~"

샤오샤오가 내 펫들에 둘러싸여 함께 몸을 비비적대며 즐거워하고 있었다.

할짝. 할짝. 할짝.

샤오샤오는 다섯 마리의 펫들을 닥치는 대로 핥으며 애정을 표현했다.

좋아, 이제 테이밍한다!

"애들아. 샤오샤오를 설득해. 내가 얼마나 좋은 주인인지 마구 칭찬하는 거야."

펫들이 씩씩하게 고개를 끄덕였다.

이어, 속사포처럼 내 칭찬을 늘어놓았다.

어디 뭐라 그러는지 들어볼까?

"뀻! 뀨우웃! 뀨우우우! 뀨우! 뀻!"

"토토톳! 토톳! 토토로토토! 토로롯! 톳! 토토톳!"

"라라라~ 라라랑~ 랑~ 라라랑~ 라랑~"

"우루루루루루~ 우루루~ 루루루루~ 우루루루루~!"

"듀라라라라! 듀라란! 듀란~ 라라란~ 듀라라라라~ 듀란!"

…못 알아먹겠다.

그 와중에 샤오샤오는 펫들의 말을 들으면서 고개를 갸웃 거리다가 끄덕거리다가 놀란 표정을 지었다.

그러고서는 나를 슬쩍 바라봤다.

난 최대한 사람 좋은 미소를 보였다.

샤오샤오가 화들짝 놀라 얼굴을 옆으로 홱! 돌렸다.

그러고서는 수줍게 고개를 끄덕였다.

"어? 한다고? 테이밍당하겠다고?"

내가 묻자 펫들이 씩 웃으며 일제히 고개를 끄덕였다.

"좋아!"

난 지배의 술을 전개했다.

지배의 기운이 빠르게 흘러나가 샤오샤오의 몸 안으로 스며들었다.

이미 내게 마음을 연 샤오샤오는 기운을 흡수하는 순간 어려움 없이 내 정신에 동화되었다.

전과 달리 부끄럼 없이 날 바라보는 샤오샤오에게 내가 명했다.

"샤오샤오, 이리 와."

내 밀에 사오샤오가 그 짧은 다리로 힘껏 달려오더니.

토다다다다!

폴짝 뛰어올라 덥석 안겼다.

"샤샤샤~"

그러고는 귀여운 소리로 울며 내 뺨을 마구 핥았다.

"으하핫! 됐다! 샤오샤오를 테이밍했어!"

희귀 몬스터 샤오샤오를 테이밍하다니! 기분이 찢어질 것 같다! 내 펫들이 없었으면 이 녀석을 테이밍하는 건 절대 불가능했을 것이다.

부끄럼을 많이 타지만 생각보다 자존감이 강해서 폭력으로는 굴복시킬 수 없는 녀석이다.

죽으면 죽었지 마음을 내주지는 않는다.

"에스테리앙에서도 너를 테이밍한 적은 없는데, 진짜 반갑다. 가만있자, 네 이름은 뭐가 좋을까?"

"샤샤~"

새로운 펫의 이름을 고민하는 내 주변으로 다른 펫들이 우르르 몰려들었다.

그런데 이 녀석들이 동시에 내 몸을 마구 핥아대기 시작했다.

"으헉!"

다른 놈들은 괜찮은데 덩치가 산만 한 듀라란의 혀는 내 얼굴을 완전히 덮어버린다.

누가 보면 잡아먹으려는 줄 알지도 모를 일이다.

하여튼 이 녀석들 질투심 하나는 알아줘야 한다니까.

"동작 그만! 이름 좀 생각하자!"

내 호통에 펫들이 전부 동작을 딱 멈췄다.

그 광경을 주변의 다른 비욘더들이 엄청 부러운 시선으로 바라보고 있었다.

"아… 나도 테이머 되고 싶다."

"아진 님, 이런 말씀 무례할 수 있겠지만 하, 한 마리만 주면 안 될까요?"

"내 태어나서 이토록 귀여운 생명체를 본 건 이번이 처음이외다."

차례대로 김주혁, 이환, 설소하의 말이었다.

난 왠지 으쓱해져서 뒷머리를 긁적였다. 한데 그때였다.

"샤오샤오……."

멀리 떨어져 있던 민아림이 기어들어 가는 목소리로 말했다.

"네? 뭐라구요?"

내가 다시 물었다.

"새로운 펫 이름… 샤샤샤 하고 우니까 샤오샤오… 가 어떤지… 싫으면 다른 걸로 지으셔도 되구요."

민아림은 시선을 딴 데 두고서 엄청 창피해하며 말을 마쳤다.

헐, 귀신같은 아가씨네. 얘네 종족 이름이 샤오샤오인 건 어떻게 알고? 때려맞히기의 거게기 이렇게 무섭습니다, 여러분.

아무튼… 뭐, 샤오샤오는 희귀 몬스터인 데다가 자주 나타
나지도 않을 테니까 이 녀석 이름은 그냥 샤오샤오로 해도 되
겠지!

"좋아! 앞으로 네 이름은 그대로 샤오샤오야! 알겠지, 샤오
샤오?"

"샤샷!"

샤오샤오가 활짝 웃으며 고개를 끄덕였다.

*　　　　*　　　　*

상황이 전부 정리되고 난 뒤 우리는 전부 비욘더 길드로
향했다.

난 앞장서서 들어가며 차서린을 불렀다.

"미스터 차!"

그녀가 데스크에 앉아 스마트폰으로 무언가를 검색하다가
영업용 미소를 지으며 대답했다.

"어머~ 이렇게 섹시하고 아름다운 미스터 본 적 있어요?
마스터 차겠죠, 우리 고딩?"

"아 역시 호칭이 좀 헷갈리네. 아무튼 카레이서 누나."

우지끈!

차서린이 들고 있던 스마트폰이 운명했다.

"이 상황 말로 아름답게 풀어나갈 수 있도록 도와줄 거죠?"

"스마트폰 요단강 건너게 해놓고 그런 얘기 해봤자 별로 설득력이 없네요."

"스마트폰만 요단강 건너게 할 수 있는 거 아닌데~ 호호."

내가 차서린을 더 긁으려 하자 남지혁이 팔꿈치로 내 옆구리를 퍽 치고는 속삭였다.

"그, 그만 좀 건드려, 인마."

남지혁은 차서린 앞에서 완전히 고양의 앞의 쥐 꼴이었다.

어쩔 수 없이 난 농담 따먹는 걸 그만두고 본론부터 물었다.

"이번에는 전리품이 없는데 정산, 해주나요?"

물으면서 설마 그 죽을 똥을 싸면서 몬스터 잡았는데, 인력비를 꽁으로 먹으려는 건 아니겠지? 하는 시선을 보냈다.

"원칙대로라면 전리품이 없는 경우 현상금을 지급하지 않지만 이번 건은 예외였죠. 상부에서 전투에 참여한 모든 비욘더분들에게 똑같이 오천만 원씩 지급하라는 명령이 떨어졌어요."

오! 5,000만 원이라니, 꿀이다!

그 자리에 있던 비욘더들이 모두 만족하는 얼굴로 고개를 끄덕였다. 하지만 밴디지는 팔짱을 끼고서 아무런 반응도 하지 않았다. 당최 속 모를 양반이다.

아무튼 다들 별다른 불만 없이 수긍하며 넘어가려는 찰나.

"뭐? 똑같이 오천?"

독고진이 비욘더들을 제치고 앞으로 불쑥 나섰다.

"마스터 차, 이건 불공평한 것 같은데."

"어떤 점이요?"

"몬스터를 잡을 당시의 기여도라는 걸 따져야 하지 않냐는 말입니다."

"기여도?"

차서린이 고개를 모로 꺾으며 안경을 치켜 올렸다.

"애초에 그 거대한 몬스터를 수월하게 잡을 수 있었던 건 내가 앞장서서 나섰기 때문이라고. 몬스터가 모든 신경을 내게 쏟고 있는 사이 다른 비욘더들이 집중 공격을 퍼부어 잡게 된 거라 이 말이야. 그 과정에서 난 사지가 부러졌지. 목숨을 걸고 거대 몬스터를 잡을 기회를 준 사람이 나다 이 말입니다."

독고진의 말에 모두 할 말을 잃었다.

특히 설소하의 얼굴이 무섭게 변했다.

뭐야, 저 사람? 마냥 순진한 줄 알았더니 저렇게 악귀 같은 표정도 지을 줄 알았어?

설소하는 무슨 말을 하려고 입을 달싹이다가 갑자기 부채로 자기 뒤통수를 탁! 때리더니 고개를 휘휘 저었다.

"잠깐만요, 독고진 님. 제가 두 눈으로 봤던 것과 상황이 너무 다른데요?"

불의를 보면 참아 넘기지 못하는 이환이 나섰다.

"네가 뭘 봤다고? 여자는 빠져 있어!"

저 미친 새끼가 또 지랄이네.

내가 못 참고 나서려 할 때였다.

차서린이 데스크에 있던 태블릿을 들어 영상 하나를 플레이시켰다.

그것은 우리가 진흙 몬스터와 싸우던 광경을 공중에서 녹화한 영상이었다.

"여러분이 전투를 벌이던 영상은 남지혁 님이 블랙윙을 통해 녹화하면서 저한테 모두 들어왔어요. 저도 라이브로 생생하게 전투 장면을 지켜봤죠. 그런데 독고진 님은 이환 님을 밀어내고 나대다가 한 대 맞더니 처자빠지시던데요? 그 뒤로 뭘 했나요?"

"뭐, 뭐라고!"

독고진이 눈을 부릅뜨는 순간.

짜악!

"켁!"

차서린이 녀석의 뺨을 후렸다.

단 한 대, 그것도 손바닥으로 맞았을 뿐인데 독고진은 정신을 반쯤 놓고 비틀거렸다.

쓰러지려는 독고진의 멱을 틀어잡아 자기 쪽으로 쭉 당긴 차서린이 서늘한 시선을 던지며 시린 미소를 머금었다.

"난 말이죠, 건방진 인간은 봐줄 수 있어도 자기 밥그릇 챙기려고 남 깎아내리는 치사한 새끼들은 못 봐주거든, 근육만 불린 돼지 새끼야."

차서린의 기세에 독고진의 기세가 확 꺾였다.

그는 감히 차서린의 눈도 제대로 바라보지 못하고 시선을 내리깔았다.

"제발 부탁이니까 앞으로 한 번만 더 이런 짓거리 해보세요. 비욘더 자격 박탈시키고 빵에 처넣어 콩밥이 얼마나 맛있는지 알게 해줄 테니까. 그리고 한 가지 더. …여자는 빠져 있으라고?"

"그, 그건……"

독고진이 변명을 하려는 찰나.

뻐억!

"크억!"

차서린의 무릎이 녀석의 고환을 올려 찍었다.

그 살벌한 광경을 지켜보던 남자 비욘더들이 전부 헉! 하는 신음을 흘렸다.

저 정도면… 거의 터졌을 텐데.

"커허… 컥!"

몸을 확 웅크린 채 괴로워하는 독고진의 귀에 대고 차서린이 즐겁다는 듯 읊조렸다.

"너도 이제 여자네?"

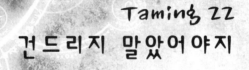

Taming 22
건드리지 말았어야지

　결과적으로 말하자면 독고진은 고자 신세를 면했다.

　온몸이 강철이기 때문에 거기도 강철처럼 단단했던 것이 그를 강제 성전환시키지 않았다.

　하지만 차서린의 괴력은 강철 피부 너머로 어마어마한 충격을 전달했고, 거의 터지기 직전이었던 건 확실했다.

　독고진이 그대로 경찰서에 달려가 길드 마스터가 비욘더를 구타했다고 고소해도 할 말 없을 상황이었다.

　하지만 카레이서 누나에게는 '흠씬 두들겨 패놓고 힐링 포션 강제 복용'이라는 스킬이 있었다.

　한 병에 무려 20만 원이나 하는 걸 자기 성질 건드려서 패고 싶은 인간 있을 때는 1,000원짜리 음료수처럼 사용해 버린다.

차서린은 사타구니 사이를 움켜쥐고 꺽꺽대는 독고진의 입에다 힐링 포션을 들이붓는 것으로 상황을 마무리 지었다.

그게 치욕스러웠던 독고진은 두말 않고 길드를 나가 버렸다.

하여튼 처음 만났을 때부터 끝까지 못난 모습만 보이는 저런 인간도 드물다.

현재 길드 안에는 류시해가 멋대로 이탈하고 독고진이 뛰쳐나가면서 여덟의 비욘더가 남았다.

차서린이 남은 비욘더들에게 물었다.

"또 불만 있으신 분?"

누구의 입에서도 불만 같은 게 튀어나올 리 없었다.

나도 괜히 일 복잡하게 만들기 싫어서 더 까불지 않았다. 얼른 받을 것만 받고 돌아가서 푹 쉬고 싶었다.

아무에게서도 민원이 나오지 않자 차서린은 들고 있던 태블릿 액정을 전광석화처럼 두들겼다.

이어 모두의 통장에 5천만 원이 입금되었다.

하여튼 일처리 하나는 기가 막히게 빠르다.

"볼일 끝났으면 돌아가서 편하게 쉬세요. 모두 고생 많으셨어요."

차서린의 감정 따위 1도 없는 지극히 영업적인 미소를 보며 남지혁이 무리나케 도망쳤다. 아무리 자서린이 무서워도 그렇지 저 반응은 좀 오버 아니야?

그 뒤를 이어 다른 비욘더들도 하나둘 나가고 마지막으로 나와 지동찬만 남았다.

지동찬은 계속해서 내 눈치를 살피고 있었다.

그러다 내가 끝까지 나가지 않으니 후다닥 날 지나쳐 길드를 나서려 했다.

"야."

내가 그런 녀석을 불러 세웠다.

"어, 어?"

지동찬은 겁에 잔뜩 절어버린 얼굴로 뒤돌아봤다.

"조심해라."

"뭐, 뭘?"

"여러 가지가 있지. 차도 조심해야 하고, 간혹 미친 짓 벌이는 레지스탕스 비욘더들도 조심하면 좋고, 마른하늘에서 갑자기 날벼락이 떨어질 수도 있는 거고. 그런데 그런 거보다 더 위험한 걸 조심해야 할 수도 있겠지."

"아니 저기, 네가 무슨 말 하는 건지 난 잘 모, 모르겠는데."

"내 경험상 사람이 가장 조심해야 할 건, 타인의 감정이더라고."

지동찬은 그래도 잘 모르겠다는 순진무구한 표정을 고수했다. 연기 참 잘해?

"그런 영화 많잖아. 남이야 기분이 상하든 말든, 지 좋을 대로 막 산 녀석들이 나중에 자기가 괴롭혔던 인간들 중 한 명한테 밟히는 거. 뻔한 스토리지."

꿀꺽!

지동찬이 마른침을 삼킨다.

그래, 목이 타겠지.

"그… 엄청 오래된 영환데 아이먼맨3 봤어? 거기서도 토니 스타크가 무시했던 과학자가 복수하러 찾아오잖아. 강력한 빌런이 돼서."

아르마도 그랬다.

그녀의 꽃 같은 시절을 짓밟아 버린 바르반에게 찾아와 통쾌하게 복수했다. 그리고 나는 아르마에게 다시 복수했다.

타인의 감정을 잘못 건드리면 그것은 시린 날이 되어 복수란 이름으로 되돌아온다.

"영화에서는 결국 아이언맨이 이기지만 난 아이언맨보다 더 강해졌거든."

"아니, 난 아이언맨 안 봐서……."

"돌려 말하니까 계속 이해 못 하는 척하는데 돌직구 던져줄게. 나 예전의 루아진 아니고 너희들이 했던 짓 이자 쳐서 돌려준다. 기대해라."

지동찬은 내게 아무런 대꾸도 못 하고서 쫓기듯 길드를 나섰다.

녀석은 선두 중 가상 넌서 낭하는 바람에 내가 몬스터를 때려잡는 장면을 직접 본 건 아니다.

하지만 펫을 소환하는 광경은 똑똑히 봤고, 길드까지 이동하며 다른 비욘더들이 내 무용담에 대해 얘기하는 걸 들었다.

강자 앞에서 비굴해지는 지동찬의 성정은 더 이상 내게 눈을 부라리며 건방 떨지 못하도록 만들었다.

"꼴좋다."

시원하게 한마디 하며 나도 길드를 나서려 했다.

따악!

"윽!"

정수리에 꽂히는 이 짜릿한 고통만 없었다면 말이다.

"이야~ 동급생 괴롭히는 깡패였네요, 우리 고딩? 방금 때린 건 마스터가 아닌 어른으로서의 훈계라고 생각하세요."

어, 어른으로서의 훈계? 웃기고 있네. 실제로 나이 따져보면 내가 더 많아, 이 여자야. 그리고 저놈은 나한테 욕 들어먹을 만하니까 먹은 거고.

앞뒤 정황도 잘 모르면서 제멋대로 끼어들고 때리고 훈계를 하다니. 그냥 얻어맞고 지나갈 수는 없는 노릇.

난 바람처럼 몸을 돌려 차서린의 속을 박박 긁어놓을 독설을 일발 장전했다. 그리고 막 쏟아내려 하는 찰나.

딸랑—

종소리와 함께 문이 벌컥 열리며 검은 정장 차림의 남자가 후다닥 달려 들어왔다.

"아슬아슬하게 세~ 이프!"

…이 상황, 분명 한번 본 적이 있었다.

길드에 들어선 남자를 보자마자 차서린의 눈동자가 차갑게 식었다. 남자를 향해서는 영업용 미소도 지어주지 않았다.

"네가 죽고 싶구나?"

차서린의 서늘한 음성에도 남자는 능글거리며 테이블에 서류 가방을 툭 던졌다.

"여자한테 죽는 건 영광이지. 물론 침대 위에서."

"날 침대 위로 끌고 가려던 남자들은 다음 날 눈 뜨면 대부분 응급실 침대 위에 누워 있었지 아마?"

"그거 알아? 네 독설도 5년 넘게 듣다 보니 이제 정감 있는 거."

"어머, 그래? 내 구타에는 언제쯤 정감 갖게 될지 한번 볼까?"

차서린이 오른손을 쥐었다 폈다 하자, 남자는 능글맞게 웃으며 뒤로 물러섰다.

"난 육체적 고통에는 특히 예민해서 그건 패스. 오늘은 세이프니까 열심히 일을 해야지."

말을 하며 남자가 데스크 서랍을 열어 명찰을 착용했다.

이름이 '도진걸'이었군.

저 사람은 비욘더 길드의 야간 타임을 맡고 있는 또 다른 마스터다.

그간 나는 해 떨어지면 자고, 해 뜨면 일어나는 바른생활 사나이였기에 야간에 들어오는 콜을 받은 적이 없었다.

해서 도진결을 직접 보는 건 이번이 두 번째였다.

"자, 이제 역할 체인지. 나는 마스터. 차서린은 퇴근해서 민간인."

"잡소리 그만하고 15분 지각이야. 1분 늦을 때마다 만 원으로 환산한다고 이틀 전에 말했고, 어제는 한 번 봐줬어. 오늘은 그냥 못 넘어가."

"우리 사이에 왜 이렇게 빡빡하게 굴어."

"우리 사이? 어떤 사이. 비즈……."

"비즈니스적 관계? 회사에서 나가면 사적으로 연락 안 하는 남남? 만 번도 넘게 들은 것 같다. 오늘 하루만 더 봐주라~ 5년을 살 비비며 일한 정이 있는데 그 정도도 못……."

도진결이 끝까지 능글거리며 상황을 무마하려 할 때.

콰앙!

차서린의 뒤꿈치가 철제 테이블을 내리찍었다.

테이블은 그대로 구겨져 더 이상 제 기능을 못 하는 고철이 되었다.

도진결이 말을 하다 말고 그대로 굳어서 파르르 떨었다.

차서린이 방긋 웃었다.

"살 비비니 어쩌니 그따위 오해 살 만한 얘기 하지 마."

"아, 맞다. 너 아직 모태 솔⋯⋯."

콰직!

차서린이 테이블에 있던 포스 센서를 손바닥으로 눌렀다. 포스 센서가 그대로 부서지며 가루가 되었다.

"내 개인 신상에 대해 어디서든 함부로 얘기하지 마. 한 번만 더 그랬다간 네 머리가 이 꼴이 될 거야."

"하, 하하."

도진결이 어색하게 웃으며 고개를 끄덕였다.

"오늘 파손된 기물들 전부 내 월급에서 차감 잡아놔."

"앞으로 성격 좀 죽이는 게 어떨까 싶다, 나는. 계속 그렇게 부수고 월급에서 까고 하니까 돈이 모이질 않는 거잖⋯⋯."

"어머나?"

차서린의 미소가 전보다 더욱 진해졌다. 눈은 웃고 있지 않다. 도진결이 화들짝 놀라 물었다.

"호, 혹시 지금 나⋯⋯."

차서린이 상큼하게 대답했다.

"응. 건드렸어. 스위치."

"대인지뢰⋯⋯?"

"크레모아."

대답을 내놓는 순간 차서린의 모습이 환영처럼 사라졌고.

"으아아아아아아악!"

도진결의 비명이 들려왔다.

"미, 미안해! 길못했이! 빌려줘! 시, 시란아! 아니 ~, ~나! 누님! 어머님! 조상님! 주인니이임! 안 그럴게에에!"

…더 이상의 상황은 차마 말로 설명 못 하겠다.

그냥, 도진결은 힐링 포션을 다섯 병이나 복용했다는 것만 알아두자.

*　　　　*　　　　*

사실 난 얼른 집에 돌아가려고 했다.

그런데 정신을 차려보니 반 죽었던 도진결을 되살려 놓고 퇴근한 차서린의 손에 잡혀 어딘가로 끌려가고 있었다.

"아니, 어딜 가는데요?"

"할 말이 있으니까 얌전히 동행해 줘요."

"아~ 카레이서 누나는 먹살 잡고 끌고 가는 걸 얌전히 동행한다고 하는구나."

"다른 걸 잡고 끌고 갈 수도 있는데 그걸 원해요, 우리 고딩?"

나도 모르게 낭심을 가릴 뻔했다.

이 여자 대체 몇 명의 인생을 망가뜨려야 속이 풀리는 거야?

그나저나 아까 도진결이 말하길 모태 솔로라 그랬었지?

난 끌려가는 와중 그녀에게 물었다.

"근데 아까 그 말 진짜예요?"

"어떤 말? 질문 수위에 따라서 우리 관계가 아름답지 못해질 수도 있다는 거."

"여기서 더 나빠질 게 있었는 줄 몰랐네요."

"그래서 묻고 싶은 게?"

"모태 솔로 맞아요?"

"대답 듣고 황천 갈래요, 안 듣고 개똥밭에 굴러도 이승에서 살래요?"

차서린의 입에서 살벌한 위협이 튀어나왔다.

물론 내게는 그다지 위협적이지 않았다만, 문제는.

꼬르르르르륵.

그녀의 뱃속에서 울려 퍼진 소리가 분위기를 전부 말아먹었다는 것이다.

"이 얘기는 나중에 하기로 하죠."

*   *   *

그녀가 날 다급히 끌고 간 곳은 지혜네 어머니가 하시는 순댓국밥 집이었다.

"어머~ 예쁜이 단골 오셨네? 응? 아진이도 왔구나."

"네, 안녕하셨어요?"

"아주머니. 여기 순댓국 두 개랑 소주 한 병 주세요. 잔은 하나만요."

"알았어요~"

지혜네 어머니가 기분 좋게 대답하고 기본 세팅과 함께 술을 내왔다.

차서린은 아직 순댓국이 나오기도 전에 소주병을 까더니 자작을 하고서 입에 탁 털어 넣었다.

꿀꺽.

"후."

소주 한 잔을 넘기고 나니 그제야 조금 진정이 되는 듯한 모습이었다.

차서린이 연거푸 한 잔을 더 따라서 마셨다.

"하."

"술 좋아하시나 봐요."

차서린은 빈 잔에 술을 한 잔 더 따르더니 내 물음에 대답은 않고 다른 말을 했다.

"아진 군. 솔직히 말해봐요. 나한테 뭐 숨기는 거 있죠?"

"네?"

꿀꺽.

그사이 또 한 잔이 목으로 넘어간다.

꼴꼴꼴.

잔은 비워짐과 거의 동시에 차오른다.

"지금까지는 그냥 어물쩍 넘어갔지만 오늘은 알아야겠어요."

"뭘를요?"

"아진 군의 말도 안 되는 성장도. 지구상에서 한 번도 볼수 없었던 몬스터 테이밍의 능력. 게다가 능숙한 검술에 마법까지 사용하더군요."

아, 맞다.

이 여자 남지혁이 녹화한 영상을 라이브로 시청했었지?

"3클래스급의 마법이던데, 그렇게까지 빠르게 마법을 시전하는 비욘더를 본 적이 없어요, 나는."

꿀꺽.

차서린은 이제 소주의 반병가량을 비웠다. 그것도 아주 빠른 속도로. 하지만 취기는 조금도 찾아볼 수 없었다. 하긴, 차서린이 흐트러져 엉망이 되는 모습 같은 건 상상하기가 힘들다.

"지구에 디멘션 임팩트가 일어난 이후, 첫 번째 던전이 열렸죠. 그 안에서 튀어나온 몬스터들을 격퇴한 뒤, 던전 안으로 들어간 조사단은 일흔네 개의 상형문자가 적힌 석판을 발견했어요. 그 상형문자는 이집트의 상형문자와 비슷했고, 전 세계의 학자들은 그것에 대해 연구하기 시작했죠. 이윽고 그 문자들 자체에 어떠한 기운이 담겨 있다는 걸 알아냈어요. 그리고 그 기운이 훗날 등장한 히든 비욘더들의 기운과 비슷하다는 것을 밝혀냈죠."

히든 비욘더란 매지컬 비욘더의 초기 이름이다.

당시 히든 비욘더들은 일반인과 나른 기운을 각성하긴 하는데, 그 힘을 어떻게 써야 하는지 몰라 히든 비욘더라 이름 붙여졌었다.

"저도 아는 애깁니다. 그래서 히든 비욘더와 학자들이 머리를 맞대고 연구한 끝에, 그 상형문자들이 히든 비욘더의 무용지물이던 능력을 사용하게 해주는 도화선임을 알게 되었죠. 그때부터 이 힘을 마법이라 명했고 히든 비욘더들은 매지컬 비욘더라는 명칭으로 정정되었구요."

지금도 매지컬 비욘더들은 74개의 룬 문자들을 이리저리 조합해 가며 새로운 마법 공식을 만들어내는 중이다.

물론 나는 모든 마법 공식을 다 알고 있다.

하지만 이런 고급 정보를 꽁으로 넘겨줄 순 없으니 아직은 입을 다물고 있는 것뿐이다.

차서린은 내 얘기를 들으면서 한 잔, 다 듣고 나서 또 한 잔을 마셨다.

이걸로 총 여섯 잔.

한 잔 한 잔을 가득 채워 따른 터라 한 잔을 더 따르고 나니 소주병은 바닥을 보였다.

"나이에 비해 아는 게 많네요."

"비욘더가 되기 전부터 이 분야에 관심이 많았거든요."

차서린은 마지막 한 잔을 가볍게 넘기더니.

"후."

알코올 냄새가 달큰하게 섞인 숨을 살짝 뱉어내고 물었다.

"말해봐요, 당신의 정체."

"고등학교 2학년생, 루아진. 3클래스 센서블 비욘더. 능력은 몬스터 테이밍. 성별 남자."

"진흙 몬스터의 심장에서 튀어나온 몬스터를 보며 아진 군이 늘어놓은 가정들, 단순히 가정이라고 하기엔 너무 그럴듯했어요."

아, 페라모사 녀석들이 했던 키메라 연구에 관한 이야기를 진흙 몬스터에 빗대서 에둘러 얘기했던 걸 들었구나.

"말 그대로 그건 그냥 가정입니다만."

"아니요, 당신은 뭔가 알고 있어요. 뭘 감추고 있죠? 그리고… 너."

날 바라보는 차서린의 눈에 한기가 어렸다.

"정체가 대체 뭐야."

'감이 정말 좋아.'

차서린은 감이 상당히 날카로운 여자다. 게다가 일적인 면에서는 빈틈이 거의 없다.

그녀가 지금 내 정체에 대해서 캐내려고 하는 것도 이해는 한다.

비욘더 길드의 마스터는 아무나 되는 게 아니다.

한 도시의 비욘더들을 관리해야 하고, 시내에서 나타나는 던전들로 인해 벌어지는 책임을 전부 져야 한다.

그런 만큼 자신이 관리하는 비욘더의 모든 것을 제대로 파악하고 있어야 할 의무가 있다.

한데 나는 그녀의 상식선에서 완전히 벗어난 비욘더다.

클래스의 성장이 급격히 빨랐던 것부터 시작해서 3클래스 마법을 시전하는 데다 능숙한 검술, 그리고 진흙 몬스터의 배후에 관한 그럴듯한 가정까지.

이것저것 걸리는 게 많을 터였다.

어느 날 갑자기 비욘더가 된 고딩이라고만 생각하기에 무리가 있을 법하다.

하지만 접근법이 잘못됐다.

확증은 없이 심증만 가지고 떠보듯 물어본다면 내 대답은.

"장차 몬스터들의 아버지가 될 사람입니다."

"농담 따먹기 하자는 걸로 보여요?"

"그런 식으로 몰아간다고 없는 사실 만들어내는 능력이 없거든요. 소설가가 아니라서."

"내가 지금 선을 넘었다는 건 충분히 알고 있어요. 하지만 난 아진 군에 대해 누구보다 정확히 파악하고 있어야 할 의무가 있어요. 특히 그쪽처럼 의지가 될 것 같은 비욘더들은 더더욱 나중에 내 뒤통수를 쳐서는 안 돼."

"…나 방금 몹시 놀랐는데. 언제부터 날 의지하셨나요? 카레이서 누나."

"의지가 될 것 같다고 했지, 아직 의지한다는 말은 안 했거

건드리지 말았어야지 193

든요, 우리 고딩. 좋아요. 확증은 없고 심증만 있어요, 난. 당신이 일반적인 비욘더가 아니라는 거, 그리고 무언가를 숨기고 있다는 거요. 누가 봐도 충분히 의심할 수 있는 상황이고, 그렇다 보니 아진 군의 성장과 활약에 대해서는 상부에서도 신경을 쓰고 있어요."

내가 상부에서 신경 쓸 만큼 대단한 인물이 되었어? 불과 한 달 만에? 출세했네.

그런데 우리 카레이서 누나… 오늘은 다른 날보다 더 진지하다. 평소에는 화를 내고 악을 쓰고, 물건을 때려 부숴도 농담 치며 비집고 들어갈 틈이 있었는데, 지금은 그런 틈이 전혀 없다. …물론 그럼에도 난 농담 따먹기 했지만.

그녀가 계속해서 말을 이었다.

"그런 만큼 만약 당신이… 그러니까 최악의 가정을 세웠을 때, 레지스탕스에서 심어놓은 첩자라면 나보다 먼저 상부에서 움직일 거고, 그땐 목숨도 보장할 수 없어요."

"그럼 문제없네요. 난 아니니까."

"확실한가요? 아진 군, 그거 하나만 분명하게 말해줘요. 레지스탕스의 첩자가 정말 아닌 건지."

"아니에요. 확실합니다. 내 이름을 걸고 맹세할게요."

"좋아요. 첩자가 아니라면 다른 어떤 사실이 드러나도 내 선에서 전부 막아주겠다고 약속할게요."

"왜요? 무엇 때문에 그렇게까지 하겠다는 겁니까?"

"아진 군 입으로 얘기했잖아. 레지스탕스 소속이 아니라고. 난 믿었고, 아진 군은 믿음을 줬어요."

"···딱히 믿음을 준 기억은 없습니다만. 일방적으로 마스터 차가 날 믿은 거지."

"내가 사람 진심과 거짓도 구별 못 할 정도로 빙다리 핫바지로 보여요? 능력만 각성했던 비욘더가 길드 마스터가 되려면 어떤 훈련을 받아야 하는지 아진 군은 몰라요. 그쪽은 내게 진실을 말했고, 그건 내게 믿음을 심어줬어요. 이제부터 난 아진 군이 레지스탕스 소속이 아닌 이상 상부에서 제멋대로 휘두르는 꼴 두고 안 봅니다."

"상부가 싫어요?"

차서린이 고개를 저었다.

"나한테 월급 주는 갑인데 내가 왜요?"

"그런데 왜······?"

"난 다른 누군가가 내 비욘더한테 함부로 손대는 거 절대 용납 못 해요. 그게 상부라 할지라도."

그렇게 말하는 차서린의 말투와 음성, 눈동자 속엔 누구라도 느낄 법한 진심이 담겨 있었다.

'이 여자, 그냥 자기 기분 더럽다고 막 나가는 비욘더들 두들겨 패는 건 아니었네.'

단순히 성질 화끈한 여자라고만 생각했다.

한데 그 이면엔 정신 못 차리는 비욘더들 갱생시키려는 마음이 담겨 있었다.

어쩌면 패고 나서 힐링 포션을 먹이는 것도 고소당하는 게 겁난다기보단, 순수하게 치료해 주고 싶은 건지도 모르겠다.

그리고 그녀에 대해 오해하고 있던 또 하나.

'조금 취했던 거구나.'

아무래도 맨정신으로 이런 간지러운 얘기를 하긴 힘들었던 모양이다.

감추려 하고 있지만 속에 있는 말을 다 털어놓고 나서 살짝 어색해하는 게 보인다.

이런 흔치 않은 광경, 아주 재밌다.

내가 빤히 바라보며 싱글거리고 있자니 그녀가 도끼눈을 하고 물었다.

"왜 웃죠? 사람 기분 나빠지게."

"내 얼굴로 내가 웃겠다는데 왜 그러시나."

빠득!

차서린의 이마에 힘줄이 돋아났다.

그녀가 무언가 액션을 취하려는 순간, 마침 순댓국이 나왔다.

동시에 식당 문이 열리며 신지혜가 발랄하게 들이닥쳤다.

"엄마~ 나왔어!"

"너 오늘 어디서 뭐 했길래 연락이 안 됐어?"

"동준이 만났지."

"박동준?"

"응~ 그 박동준."

박동준? 아… 아아, 맞다. 이름을 듣고 나니 이제 생각이 났다.

신지혜에게는 고2 올라오자마자 거의 동시에 사귀게 된 남자 친구가 한 명 있다.

이름이 박동준.

이 커플은 전교에서 제법 유명했다.

왜? 날라리 신지혜와 달리 박동준은 엄청난 모범생에다 숙맥인 녀석이었으니까.

자석커플이라는 별명으로 소문이 자자했다.

"쥐똥만 한 게 벌써 남자에 빠져서."

"엄마는 뭐 그런 적 없었나."

"건전하게 만나!"

"건전하게 만날 거면 뭐하러 만나?"

"풉! 그것도 맞는 말이네. 책임지지 못할 짓만 하지 마, 우리 딸?"

"책임지지 못할 짓 하면 엄마가 같이 책임져 줄 거지?"

"이년이."

저 계집애 말하는 것 좀 봐라. 가관이다. 내가 순댓국을 한 술 뜨다 말고 신지혜를 보며 고개를 절레절레 저었다. 그때 신지혜와 내 눈이 마주쳤다.

"어? 아진! 너 또 왜 여기… 아, 예쁜이 언니 왔어요?"

순간 지혜와 날 한 번씩 번갈아 본 차서린의 눈이 반짝! 빛
났다.

"지혜야. 요새 아진이 뭐 달라진 거 없니?"

…이 아가씨야, 조금 전까지 감동 줘놓고 바로 주변 사람들
한테 조사 들어가기야?

하긴, 이게 차서린이지.

믿는 건 믿는 거고, 알아야 할 건 알아야 하는 거고.

"맞다. 그러고 보니 예쁜 언니 길드 마스터였죠?"

"달라진 거 없었어?"

신지혜는 날 한번 슥 바라보더니 고개를 절레절레 저었다.

"없었어요."

"그래? 알았어."

어쭈? 찐따인 척하다가 갑자기 짱 세졌다고 있는 대로 발설
할 줄 알았더니 웬일이야?

"아주머니, 소주 한 병 더 주세요~"

그날 차서린은 결국 순댓국밥 한 그릇에다 소주를 세 병이
나 마시고 멀쩡히 돌아가… 는 척하다가 이리저리 비틀거렸
다.

저 정도 외모에 나이스바디를 가지고 있으면서, 오밤중에
저만큼 취해 가지고 비틀거리면 치한이 다가와서 몹쓸 짓 하
려다가 맞아 죽겠지.

요만큼도 긴장 안 된다.

*　　　*　　　*

집으로 돌아가는 길, 조금 비틀거리던 차서린은 십여 분 정도 걷고 나니 술이 점차 깨는 걸 느꼈다.

"후."

머리를 한번 휘젓고 하늘을 올려봤다.

휘영청 뜬 달이 유난히 밝았다.

"두 번 다시 내 비욘더들 그런 식으로 희생시키진 않을 거예요."

그녀의 입에서 누군가에게 따지듯 날카로운 말이 훅 튀어나왔다.

"상부에서 정부와 손을 잡고 무슨 짓거리를 꾸미는 건지… 물증이 없지만 대충 예상은 되거든. 절대, 두 번 다시. 똑같은 일 벌어지지 않도록 만들 거야, 내가."

한 집단을 바꾸려면 우선 그 집단의 깊숙이 투입해야 한다. 그리고 힘을 얻어야 한다. 힘을 얻기 위해선 집단의 머리 꼭대기까지 올라가야 하고, 자신을 따르는 파벌을 만들어야 한다.

차서린의 계획은 이미 오래전부터 진행되어 왔다.

하지만 아직도 도착해야 할 곳은 멀기만 했다.

디멘션 임팩트 이후, 우후죽순 형성된 던전에서 튀어나온 몬스터들로 인해 회생 불능 직전까지 피해를 입었던 인류는 잠시 무정부 상태가 되어버린 시기가 있었다.

던전 레이더와 이지스 실드의 개발로 다행히 질서를 바로잡았지만, 약육강식의 맛에 푹 빠져 버린 이들은 레지스탕스라는 이름 아래 전국에 퍼져 있었다.

춘천 역시 레지스탕스의 잔당들이 터를 잡아 뒷세계를 장악하고 있었다.

한마디로 춘천에 있는 건달 조직들은 대부분 레지스탕스의 산하에 있는 것이다.

덩치가 작은 흑곰파도 그런 조직 중 하나였다.

조직원은 총 일곱 명. 작은 대부업을 하며 근근이 먹고사는 중이다.

흑곰파의 두목 흑곰은 별명처럼 가무잡잡한 피부에 우락부락한 근육이 박힌 거대한 인간이었다.

그의 취미는 생긴 것과 어울리지 않게 클래식 감상이었다.

밑에 있는 동생들이 전부 수금을 나가면 작은 사무실 가득 클래식의 선율이 울려 퍼진다.

흑곰은 의자에 몸을 깊이 묻고서 눈을 감았다.

이 순간만큼은 누구도 흑곰을 방해할 수 없었다.

난 한 사람.

"하음, 오늘도 클래식이네?"

류시해를 빼고는.

"헉!"

흑곰이 감고 있던 눈을 뜨고서 벌떡 일어섰다.

분명 사무실 문을 잠갔는데 활짝 열려 있었다. 류시해가 염력으로 잠긴 문을 열고 귀신처럼 조용히 안으로 들어온 것이다.

흑곰은 얼른 음악을 끄고 머리를 조아렸다.

"오, 오셨습니까!"

"요즘 어때?"

류시해가 창밖에 시선을 두고 물었다.

"그냥저냥입니다."

"아니, 그쪽 마음이 어떠냐고."

류시해가 검지로 흑곰의 왼쪽 가슴을 쿡 찔렀다.

"혹시 내가 찾아오지 않은 사이 조금 흔들렸다든가?"

"아닙니다. 절대 그럴 일 없습니다. 저는 류시해 님의 뜻대로 사용해 주신다면 그뿐입니다."

"소속을 확실히 해야 하는 거 알지? 헷갈리지 마. 레지스탕스는 더 이상 그쪽이 엉덩이 비비고 있을 곳이 아니라고~"

"당연합니다. 저는 류시해 님을 따라 '그날'이 오기만을 기다리고 있습니다."

"기록은 꾸준히 하고 있나 몰라?"

"하루도 빼먹지 않고 있습니다."

흑곰은 하루에 있었던 모든 일들을 간략하게 기록해 류시해가 올 때마다 보고하곤 했다.

류시해는 그의 일거수일투족을 모두 파악하길 원했고, 흑곰은 그 요구에 충실히 따르고 있었다.

흑곰이 책상 서랍에서 검은색 노트를 꺼내 건넸다.

류시해가 그것을 빠르게 읽어 내려가며 물었다.

"노트 새로 샀네?"

"노트를 다 쓰는 바람에 바꿨습니다."

"전에 노트에 한 달 전쯤인가? 너희 애들 두 명이 고딩한테 흠씬 두들겨 맞았다는 기록 있었지?"

"아… 네. 그랬습니다. 쪽팔린 일이기도 하고 괜히 레지스탕스의 눈 밖에 나지 않으려면 사고 치지 말아야 해서 조용히 넘어가기로 했습니다."

"그 앙큼한 고딩 이름이 루아진이었지, 아마?"

"익환고등학교 2학년. 제가 메모한 건 전부 기억합니다."

"걔 건드려 봐."

"그래도 되겠습니까?"

"응. 이제 너희들을 사용해야겠어. 그 녀석 건드려서 소란을 일으켜."

"이왕 소란을 일으키려면 고딩 따위 건들지 말고 더 화끈하

세 하시는 세……."

"비욘더야, 그 녀석. 처음 만났을 때부터 이름이 익숙하다 했더니 그쪽 보고서에서 읽었던 거더라고. 얼마나 맹랑한지 생각만 해도 몸이 짜르르 떨린다니까."

"비욘더… 그렇군요. 알겠습니다. 우리가 처리하겠습니다."

"너희들은 어디 소속이지?"

"마음은 류시해 님에게, 그러나 표면적으로 우리는 레지스 탕스의 산하에 있는 작은 조직입니다."

류시해가 키득거리며 웃었다.

그 모습을 보며 흑곰도 따라 미소 지었다.

"신나게 놀아봐, 자기. 그래야 판이 엎어지지."

"맡겨주십시오."

명을 하달한 류시해는 광기 어린 미소를 짓고서 유령처럼 사라졌다.

흑곰은 전율에 몸을 떨며 혼잣말을 흘렸다.

"드디어… 격동의 때가 왔다."

*   *   *

이른 새벽부터 집에서 나온 난 오늘도 열심히 달려 등교를 하는 중이었다.

평소와 다른 것이 있다면 달리는 사람이 나 하나가 아니라는 것이다.

내 뒤로는 여섯 마리의 펫이 일렬로 서서 날 따라 달리는 중이었다.

"핫둘! 핫둘!"

"뀨웃! 뀨웃!"

"듀라라~ 라라~"

"왜 블링이랑 예티 목소리만 들려! 이놈들이 요령 피우면서 구령 안 붙이지! 핫둘! 핫둘!"

"라라랑~ 라랑~"

"토톳! 토톳!"

"우루! 루루!"

"샤… 샤샤……."

"샤오샤오! 부끄러워하지 말고!"

"샤, 샤샤! 샤샤!"

"그렇지! 조금 더 속도 높여서! 핫둘! 핫둘!"

내 뒤를 따라 열심히 달리는 몬스터들의 모습은 길거리의 사람들이 혼비백산해서 흩어지게 만들었다.

"죄송합니다! 사람에게 해 끼치는 몬스터 아닙니다! 제가 길들인 몬스터입니다! 앞으로 아침마다 지나갈 테니 자주 보다 보면 익숙해질 거예요! 핫둘! 핫둘!"

내가 지금 뭘 하고 있는 거냐?

몬스터들 체력 단련 시키는 중이다.

같은 5성 몬스터라도 체력 단련을 했느냐 안 했느냐에 따라 기량이 차이가 난다.

동급 레벨의 몬스터들은 아주 미세한 차이가 승패를 가른다.

그래서 난 몬스터들과 함께 체력 단련을 하는 중이다.

사실 이전부터 했어야 할 일이다.

그런데 일반인들이 몬스터를 보면 패닉에 빠질 것 같아 선뜻 그럴 수가 없었다.

신고가 들어가면 비욘더들이 출동할 테고 오해를 풀기 위해 이런저런 설명을 하는 것도 귀찮았다.

그래서 한 달을 기다렸다.

몬스터를 테이밍하는 비욘더가 있다는 사실이 일반인들의 귀에도 들어갈 수 있도록.

내 생각대로 지금은 제법 많은 이들이 나라는 존재에 대해서 들어본 적이 있는 듯했다.

다들 놀라긴 해도 어딘가로 신고하는 모습은 보이지 않았으니까.

열심히 달리다 보니 어느덧 학교 정문이 보였다.

난 펫들을 봉인시키고서 옷매무새를 가다듬고 교문으로 들어서려 했다.

그런데 교문 근처에 일단의 무리가 어슬렁거리며 지나가는 학생들을 유심히 살피고 있었다.

"뭐야, 저것들?"

몽타주 더러운 데다 허세 가득한 옷차림이 꼬락서니로 봐선 영락없는 건달이다.

머릿수는 총 일곱.

그런데 그 안에 익숙한 얼굴 둘이 보인다.

지혜네 어머니 순댓국집에서 행패 부리다가 나한테 두들겨 맞았던 양아치들이었다.

마침 녀석들도 나를 발견하고서 다른 사람들에게 알렸다.

"형님! 저놈입니다!"

"너 이 개새끼! 그때 아주 신나서 날뛰었지?"

인사를 받았으면 돌려주는 게 인지상정.

"여, 반갑다, 돼지랑 멀대. 또 맞으러 왔냐?"

＊　　　＊　　　＊

이진철과 조상구는 한 달 전 아진에게 흠씬 두들겨 맞고 난 뒤 흑곰에게 이 사실을 알렸다.

아진이 자신이 다니는 학교와 학년까지 전부 말한 터라 찾아가는 건 일도 아니었다.

하지만 흑곰은 두 사람에게 괜히 소란 일으키지 말고 조용히 있으라 일렀다.

그 반응이 이진철과 조상구는 어처구니없었다.

만약 그 두 사람이 성인이었다면 고딩에게 맞고 늘어났나는 얘기조차 할 수 없었을 것이다.

쪽팔리니까.

하지만 그들은 퇴학당하긴 했어도 아직 열여덟, 아진과 동갑이었다.

때문에 흑곰에게 사실을 고하면, 직접 나서지 않더라도 아진을 밟을 어떤 수를 내줄 줄 알았다.

하지만 아니었다.

그에 이진철과 조상구도 아진에게 당했던 건 잊어버리기로 마음먹었다.

한데 한 달이나 지난 오늘, 흑곰은 아진을 잡으러 가자고 말했다.

그것도 조직원을 전부 데리고 익환고등학교에 쳐들어가자 하니 이진철, 조상구는 이게 무슨 일인가 싶었다.

아무튼 두 사람에게는 좋은 일이었기에 마다할 이유가 없었다.

반면 다른 조직원들은 고딩 하나 족치자고 모두가 움직인다는 게 마땅찮았지만, 우두머리의 명이니 따라야 했다.

손을 보지 않을 거면 모르되, 손을 볼 거면 확실하게 밟아야 한다.

다만, 고등학교 앞에서 소란을 피우는 게 맘에 걸렸으나, 다들 흑곰에게 뭔가 생각이 있겠지 싶었다.

무엇보다 흑곰파는 레지스탕스의 산하 조직이었다.

말단 중의 말단이긴 하지만, 레지스탕스라는 그늘 안에 발을 담고 있다는 건 엄청난 특권이었다.

해서, 조직원들은 레지스탕스와 흑곰을 믿고 일을 벌이기로 했다.

"여, 반갑다, 돼지랑 멀대. 또 맞으러 왔냐?"

그들 앞에 모습을 드러낸 아진은 시건방진 어투로 말했다.

일곱이나 되는 인원이 작정하고 찾아왔는데도 전혀 긴장하는 모습이 아니었다.

흑곰은 아진이 비욘더라는 걸 알고 있기에 당연한 반응이라 생각했으나 동생들은 아진의 정체에 대해 전혀 모르고 있었다.

만약 알았다면 아무리 흑곰의 명령이라 하더라도 이번 일에 따라오지 않았을 것이다.

레지스탕스의 산하에 있는 조직이 비욘더와 시비가 붙어버리면 큰 사건이 되기 때문이다.

레지스탕스는 정부 소속 비욘더들과 대적하기 위해 내부적으로 힘을 키우고 있는 중이다.

때문에 확실한 패가 주어지지 않는 이상은 큰 문제를 일으키지 않으려 하고 있었다.

잘못하면 그것이 레지스탕스와 정부의 전면전으로 불거질 수도 있기 때문이다.

그런데 지금, 흑곰은 그 큰일을 벌이기 위해 소식원을 이끌고 아진에게 찾아왔다.

"네가 아진이구나."

흑곰이 앞에 나서서 말했다.

"너는 건달이구나?"

"뭐 이 새끼야?"

"아, 미안. 자세히 보니까… 양아친가?"

"쥐좆만 한 새끼가 뒈지고 싶어서 발악을 하는구나."

"입이 시궁창이네."

아진이 이죽거렸다.

아진은 비욘더이기에 그의 입장에서 건달 몇이 찾아와 으름장을 놓아도 겁나지 않는 게 당연했다.

하지만 흑곰은 그가 비욘더라는 걸 알고 있었음에도 겁을 먹지 않았다. 그에게는 류시해에게서 받은 비장의 무기가 있었다. 아진의 방심을 이끌어내다가 최후의 순간 그것을 이용하면 판도를 한 번에 뒤집을 수 있을 게 분명했다.

그래서 비욘더도 아닌 흑곰이 아진을 상대로 당당할 수 있었던 것이다.

"얘들아, 손 좀 봐주자."

"네, 형님!"

아진은 상황이 이런 식으로 흘러갈 걸 이미 예상했다.

다만 좀 더 일찍 벌어질 줄 알았던 일이 한 달이나 흘러서

터진 게 조금 의아했다.

아진은 흑곰파가 모르게 던전 레이더의 녹화 버튼을 눌렀다.

블랙윙이 하늘로 치솟아 영상을 전부 담기 시작했다.

흑곰을 제외한 일곱 명의 건달들이 우르르 달려들어 아진에게 주먹을 휘둘렀다.

"싸움 났다!"

"건달이 고등학생 잡는다!"

"우와, 씨발 대박!"

"야, 녹화해!"

"미친 남자 새끼들! 신고부터 하라고!"

등교 중이던 학생들이 주변으로 우르르 몰려들어 상황을 구경하기 시작했다.

아진은 여섯 사람의 협공을 단 한 대도 맞지 않았다.

모두 흘려 버리거나 가볍게 막아냈다.

그에 처음에는 아진을 쉽게 밟을 수 있을 거라 생각했던 건달들의 얼굴에 당황스러운 기색이 어렸다.

'이, 이 새끼 고딩 맞아?'

'어떻게 한 대를 안 맞아!'

건달들은 뭔가 상황이 잘못 돌아가고 있음을 알았다.

하지만 이미 저질러진 판이다.

시작한 이상 제대로 끝을 봐야 한다. 조직원 전부가 나서서 고딩 하나 잡으려다가 되레 깨지고 왔다는 소문이 퍼지면 이 바닥 일 끝났다고 보는 게 맞다.

"제대로 족쳐!"

흑곰파 서열 2위 사냥개가 소리쳤다. 녀석에게 한번 물리면 놓지 않는다고 해서 붙은 별명이다.

하지만 그 외침은 곧바로 사냥개의 희망 사항이 되고 말았다.

계속 방어에만 치중하던 아진의 눈빛이 일순 반짝 빛나더니 그의 두 주먹이 불을 뿜었다.

퍼퍼퍼퍼퍼퍽!

"아악!"

"껵!"

"켁!"

건달 한 명당 한 방씩, 정확히 명치에 아진의 주먹이 꽂혔다.

주먹이 치고 들어오는 속도가 너무 빨라 차마 막고 자시고 할 시간도 없었다.

명치에 강력한 충격을 느끼며 여섯 건달은 거의 동시에 뒤로 나가떨어졌다.

쿠당탕!

그 영화 같은 광경에 구경을 하고 있던 학생들이 환호성을 질렀다.

건달들은 고통보다 쪽팔림이 더욱 컸다.

아픔을 애써 무시하고 벌떡 일어나 다시 주먹을 말아 쥐었다.

"이제 방심하지 마. 저 새끼 고딩으로 보면 안 되겠다. 주먹깨나 쓰는 놈이야."

가끔 아직 풋내 나는 고딩 중에서도 걸출한 주먹이 등장하기도 한다. 뒷세계에 몸담은 건달들조차 어찌할 수 없는 그런 괴물 말이다.

사냥개는 아진을 그런 괴물이라고 생각했다.

하지만 자신도 어디 가서 마냥 터지고만 다니는 인생은 아니다. 맞은 일보다 때린 적이 더 많았고, 밑의 동생들 역시 마찬가지였다.

방심해서 당했을 뿐, 여섯이 제대로 밀어붙이면 질 수가 없다!

"밟아!"

사냥개가 다시 외쳤고 건달들이 일시에 달려들었다.

아진은 그런 건달들을 보며 말했다.

"학습 능력이 없냐, 니들은."

"아가리 닥쳐!"

사냥개의 주먹이 가장 먼저 아진의 얼굴로 쇄도했다.

아진이 파리 쫓듯 손을 휘둘러 그런 사냥개의 주먹을 탁 쳤다.

"……?!"

힘이 들어가지 않은 가벼운 동작이었는데 사냥개는 주먹이 아작 나는 느낌을 받았다. 그가 놀라는 사이 갑자기 턱 밑이 서늘해졌다.

본능적으로 위험을 직감했을 땐.

뿌억!

"껙!"

아진의 주먹이 이미 턱을 으깨놓은 뒤였다.

엄청난 충격이 머리로 전해지며 뇌가 흔들렸다.

사냥개가 눈을 까뒤집고 그대로 쓰러지려 했다.

하지만 아진이 그의 멱을 잡고 옆으로 휙 돌렸다.

퍽!

"으헉!"

아진의 옆에서 달려들어 주먹을 날리던 서열 3위 마징가가 화들짝 놀랐다.

그의 주먹은 아진이 아닌 사냥개의 등짝에 때려 박혔다.

"큭!"

정신이 가물가물하던 와중, 등에서 큰 충격을 받은 사냥개가 눈을 홉떴다.

서열 3위 마징가는 펀치가 매섭기로 유명했다. 그래서 별명이 로케트 주먹을 사용하는 로봇 마징가다. 그걸 제대로 맞았으니 사냥개의 숨이 턱! 막혔다.

그 광경에 아진이 씩 웃더니 소리쳤다.

"필살 카레이서 누나 일격이다, 새끼들아!"

아진의 정강이가 일렬로 서 있던 사냥개와 마징가의 다리 사이로 들어가 고환을 박살 냈다.

퍼퍽!

"커흡!"

"헉!"

사냥개와 마징가가 동시에 낭심을 움켜쥐며 호흡곤란을 호소했다. 아진이 앞에 있던 사냥개의 복부를 발로 힘껏 밀어 찼다.

뻑!

"악!"

"크억!"

두 사람은 한 덩이가 되어 바닥을 굴렀다.

짧은 순간 갑자기 서열 2위와 3위가 나가떨어지니 서열 4위 날름이와 5위 박종진, 6, 7위 이진철, 조상구는 확 얼어버렸다.

"기세 좋게 덤벼들더니 왜 그러고 있어?

아진의 도발이 날름이의 화를 돋웠다.

"아가리 닫아!"

날름이가 주머니에서 스위치 블레이드를 꺼내 아진의 품으로 파고들었다.

스위치 블레이드는 양아치들이나 사용하는 작은 손칼이다. 그리고 이런 칼을 뒷세계 은어로 날름이라 부른다. 그의 별명에 딱 맞는 행동이었다.

날름이는 아진을 어디 한 군데 병신 만들어놓을 셈으로 살기등등했다. 하지만 아진은 콧방귀만 나왔다.

팍! 짜작!

아진의 손이 바람처럼 출사되며 칼을 든 손등을 때리더니 양쪽 뺨을 후려쳤다.

손바닥에 맞은 것뿐인데 쇳덩이가 후려갈긴 듯한 얼얼한 충격에 날름이가 스위치 블레이드를 놓치고 비틀거렸다.

그걸 쫓아간 아진이 드롭킥을 가슴팍에 꽂아 넣었다.

뻐억!

"악!"

날름이가 뒤로 총알처럼 날아가 서열 5위에 이렇다 할 별명도 없는 박종진과 충돌했다.

박종진은 부지불식간 날아온 날름이를 받아낼 여유도 없이 엄청난 충격을 받고 바닥에 널브러졌다.

"으, 으아아!"

"아악!"

이진철과 조상구는 더 이상 싸울 마음이 들지 않았다.

놈들이 꽁지가 빠져라 도망치려 했다. 하지만 한번 아진을 건드린 이상 마음대로 도망치는 건 불가능했다.

터턱.

아진이 전광석화처럼 다가와 놈들의 뒷덜미를 낚아챘다.

그러고는 높이 들어 땅바닥에 그대로 메쳤다.

퍼퍽!

"커헉!"

"끄억……!"

고통스러워하는 두 놈을 아진이 무자비하게 밟아 조졌다.

퍼퍼퍼퍼퍼퍽!

"아악! 악!"

"끄아!"

몸에 꽂히는 한 방 한 방이 믿을 수 없이 묵직했다.

이러다간 온몸의 뼈가 다 바스러질 참이었다.

그때 겨우 정신을 차린 사냥개와 마징가가 다시 아진에게 달려들었다. 하지만 결과는.

퍼퍽!

목 언저리를 얻어맞고 자빠지더니.

퍼퍼퍼퍼퍼퍽!

"으아악!"

"억!"

동생들과 나란히 엎어져 함께 밟히게 되었다.

그 지경을 지켜보던 흑곰이 드디어 움직였다.

"그만해라."

흑곰이 성고했나.

아진이 해맑게 웃더니 전보다 더 무자비하게 건달들을 짓밟았다.

뼈억! 뻑! 뼈어억!

"아아악!"

건달들은 죽는다고 고함을 질렀다.

아진이 놈들의 입을 걷어찼다.

"우웁! 읍⋯⋯!"

역시 고통으로 인한 교육 효과는 빛을 발한다.

건달들은 더 이상 비명을 지르지 않았다.

그나마 상태가 괜찮은 날름이와 박종진은 감히 아진에게 달려들지 못하고 흑곰의 양옆에 섰다.

그때까지도 아진의 발길질은 멈추지 않았다.

"빨리 안 오면 애네들 평생 병신으로 살지도 모른다?"

흑곰이 아진을 무섭게 노려보며 날름이와 박종진에게 말했다.

"동시에 친다!"

"네, 형님!"

흑곰이 맹렬한 기세로 아진에게 달려들었다. 양옆의 동생들도 함께 움직였다.

흑곰이 나선다면 승산이 있을 것이라 생각했다. 그러면서도 왜 처음부터 같이 싸우지 않은 건지 의문이었다.

그건 흑곰이 이 소란을 크게 만들기 위해서였다.

하지만 그런 속내를 내보일 수는 없으니, 흑곰은 이제야 아진의 진가를 알아보고 직접 나서는 듯 연기를 했다.

물론 아진은 속았다.

하지만 그렇다고 해서 비욘더가 일반인에게 당할 일은 없었다.

퍼퍽!

"악!"

"크악!"

날름이와 박종진이 눈두덩이를 얻어맞고 양쪽 정강이를 차이더니 그대로 고꾸라졌다.

이미 바닥에 널브러진 네 명의 건달과 똑같은 신세가 되어버린 것이다.

남은 것은 흑곰 하나.

아진은 흑곰에게도 주먹을 날렸다.

그 순간, 흑곰은 한참 전부터 볼 사이에 숨겨놓았던 알약을 꿀꺽 삼켰다.

그것이 바로 류시해가 준 '무기'였다.

뻐억!

아진의 주먹이 흑곰의 얼굴에 확실히 작렬했다.

하지만.

"어라?"

흑곰은 미동도 없이 그 자리에 가만히 서 있었다.

코뼈가 부러졌건만 전혀 고통스러운 기색이 보이지 않았다. 오히려 놈은 입이 찢어져라 미소 지었다.

그것은 광기에 뒤틀린 미소였다.

아진을 바라보는 놈의 눈이 초록빛으로 물들었다.

이윽고.

"그흐으으으."

기이한 소리를 흘리더니.

콰득! 콰드득! 드득!

몸의 관절이 이리저리 꺾이고 뒤틀렸다.

"크아아아아!"

흑곰이 괴성을 내질렀다.

그의 육신이 폭발하듯 불어나며 입고 있던 옷이 갈기갈기 찢어졌다.

살색 피부가 검은색 가죽으로 변하고, 덩치는 두 배로 커졌다.

팔은 무릎에 닿을 정도로 길게 늘어났으며, 어깨 위엔 코는 사라지고 눈과 입만 달린 검은색 머리가 생겨났다.

"그아아아아아아!"

무섭게 포효하는 괴물을 보며 아진이 중얼거렸다.

"저건… 4레벨 몬스터 타우로스?"

"모, 몬스터다!"

"꺄아악!"

"사, 사람이 몬스터로 변했어!"

"도망쳐!"

조금 전까지 싸움 구경을 하던 학생들이 혼비백산에서 흩어졌다.

아진은 이 상황이 이해되질 않아 당황스러웠다.

"어떻게 사람이 몬스터로 변하지? 어떻게……."

하지만 오래도록 생각만 하고 있을 여유는 없었다.

타우로스의 해머 같은 주먹이 아진의 정수리를 아작 내려 했다.

아진이 빠르게 뒤로 물러났다.

순간.

콰직! 퍼퍽! 퍽!

"……!"

아진에게 한창 밟히고 있던 건달 여섯이 그 주먹 한 방에 다진 고깃덩이가 되었다.

이미 몬스터로 변한 흑곰은 피아의 구별을 하지 못하는 상태였다.

이대로 두면 안 된다.

잡아야 한다.

"소환! 블링, 꼬맹이, 흰둥이, 예티, 타조, 샤오샤오!"

아진의 부름에 여섯 마리의 펫이 빛 무리와 함께 소환됐다.

녀석들은 늠름한 기세로 아진의 주변에 서서 타우로스를 노려보았다.

"뭐가 어떻게 된 건지는 모르지만… 이렇게 된 이상 넌 죽여야겠다."

아진의 말을 알아듣기라고 한 듯 타우로스가 자기 가슴을 쾅쾅 두들기며 크게 소리쳤다.

"크워어어어어!"

"싫다고? 너한테 선택권은 없어. 애초에 날 건드리지 말았어야지. 가자!"

"뀨옷!"

"토토톳!"

"라라랑~!"

"듀라라!"

"우루루루~!"

아진과 몬스터 군단이 일제히 타우로스에게 달려들었다.

"샤… 샤아… 샤앗.(그치만… 나 쟤 처음 보는데…….)"

처음 보는 몬스터 때문에 부끄러워서 움찔거리며 어쩔 줄 몰라 하는 샤오샤오만 빼고.

Taming 23
부끄러움이란 것이 폭발했다

다섯 마리 펫이 타우로스를 둘러쌌다.

샤오샤오는 아진의 다리 뒤에 숨어서 부끄러워하고 있었다.

"샤… 샤샷."

"아, 맞다. 너 이런 애였지."

자기 말을 듣지 않고 부끄러워하는 샤오샤오를 보며 아진은 입맛을 쩝 다셨다.

어쩔 수 없다.

샤오샤오는 없는 셈 치고 나머지 펫들로 타우로스를 공략하는 수밖에.

"어디 보자… 저 자식 타우로스 중에서도 4성이네."

4성 타우로스는 1성 타우로스보다 머리 두 개가 크고 팔이 더 길다. 몸의 근육도 전체적으로 불어나며, 무엇보다 녀석이 4성이라는 확실한 증거는 초록빛의 눈동자다.

4레벨 몬스터는 대부분 1성부터 7성까지 성장한다.

타우로스는 1성 때에는 붉은색 눈을 하고 있지만, 단계별로 성장함에 따라 그 색이 변한다.

한데 신기한 것은 빨주노초파남보, 즉 무지개의 색 배열과 똑같이 변한다는 것이다.

아진의 눈앞에 있는 녀석은 초록색 눈동자를 가지고 있으니 4성이 확실했다.

5레벨 몬스터에 버금갔던 진흙 몬스터보다는 약하지만 그렇다고 방심할 수는 없는 상대다.

타우로스는 정신 에너지를 사용할 수 있다.

비욘더로 따지면 센서블 비욘더와 같은 것이다.

녀석들이 정신 에너지로 발현하는 능력은 중력 제어다.

"그워어어어어!"

타우로스가 기함을 내뱉는 순간 반경 200미터 내의 중력이 강력해졌다.

한 발자국 내딛는 것도 힘들 만큼 어마어마한 힘이 가해진 건 아니다.

체감상 허리와 팔, 다리에 묵직한 납 주머니를 전부 달고 있는 것같이 느껴지는 정도다.

당연히 움직임은 그만큼 느려지고 힘도 반감된다.

그러나 타우로스는 전혀 중력의 영향을 받지 않는다.

"뀨웃!"

중력이 강력해지자마자 부정형 몬스터인 블링의 젤리 같은 몸이 납작해졌다.

화들짝 놀란 블링이 낑낑대며 몸을 원래 모양으로 되돌려 놓았다.

다른 펫들은 블링이처럼 외형의 변화가 찾아오진 않았으나 전부 조금 불편해하는 기색이었다.

아진 역시 마찬가지였다.

"그워어!"

타우로스가 아진에게 달려들었다.

아진이 스케라 소드를 오른손으로 발도하며 왼손을 타우로스에게 겨냥했다. 그리고 빠른 속도로 룬 문자를 조합해 시전 어를 외쳤다.

"스톤 스파이크!"

시전어가 튀어나오자마자 타우로스의 발밑에서 돌창이 솟구쳐 오르기 시작했다.

진흙 몬스터가 사용했던 바로 그 마법이었다.

하지만 타우로스는 그것들을 날렵하게 피하거나 주먹으로 쳐내며 아진의 지척까지 다다랐다.

누가 봐도 방금 아진의 마법은 4성 타우로스를 상대로 어림없는 공격이었다.

하지만 에스테리앙 대륙에서 테이머 마스터의 칭호까지 얻은 아진이 4성 타우로스에 대한 이해도가 떨어질 리 없었다.

스톤 스파이크가 먹히지 않을 거라는 걸 알고 있었다. 그럼에도 그것을 시전한 이유는 타우로스가 지척에 다다르기 전까지 약간의 시간이라도 더 벌기 위함이었다.

왜?

예티가 타우로스의 뒤에서 소닉붐을 준비하고 있었기 때문이다.

"듀라라라라라라라라!"

타우로스가 아진에게 주먹을 뻗으려는 순간, 그의 등 뒤에서 엄청난 파괴력을 자랑하는 음속파가 날아들었다.

아진은 옆으로 몸을 굴려 소닉붐의 사정권에서 벗어났다.

하지만 타우로스는 미처 그것을 피할 겨를이 없었다.

"그워어!"

타우로스가 두 팔을 엑스 자로 교차시켜 얼굴을 가리고서 자세를 잔뜩 낮췄다.

콰아아아아아아아앙!

소닉붐이 타우로스를 때리며 강력한 충격파가 일었다.

사방에 있던 기물들이 파괴되고 터져 나갔다.

콘크리트 바닥이 들썩이다 뒤집혔다.

펫들은 충격파에 날아가지 않으려고 모두 예티의 털을 잡고 버티며 국기처럼 나부끼는 중이었다.

아진 역시 충격파의 위력을 피해 갈 순 없었다.

그는 매서운 기운이 덮쳐오는 순간 자신의 다리를 잡고 있던 샤오샤오의 뒤로 돌아가 몸통을 잡았다.

샤오샤오는 충격파가 휩쓸고 가는데도 아무렇지 않게 버티고 서서 화들짝 놀란 얼굴로 어쩔 줄 몰라 할 뿐이었다.

"샤, 샤샤?!"

아진에게 계속 숨어 있을 셈이었는데 그가 자신의 뒤에 숨어버리니 부끄러워 환장할 노릇이었다.

반면 아진은 태풍처럼 휘몰아친 기운에 몸이 붕 떠버린 채 키득거리며 웃었다.

"역시 샤오샤오. 너 이걸 태연하게 견디냐?"

"샤샤~ 샤아!"

충격파고 뭐고 그딴 거 지금 샤오샤오한테는 다 필요 없었다. 그냥 어디든 빨리 숨고 싶어 안절부절못할 뿐이었다.

결국 샤오샤오는 아진을 매단 채 충격파를 그대로 뚫고 달려 나가 예티의 뒤에 숨었다.

한참 동안 이어지던 소닉붐의 여파가 겨우 잠잠해졌다.

매캐한 흙먼지 너머로 타우로스의 모습이 희미하게 드러났다.

"그으으……."

몸을 방어한 타우로스의 팔이 상처로 얼룩졌다.

하지만 다른 부위는 전혀 피해가 없었다.

타우로스의 육신은 강철보다 단단하다.

해서 녀석의 몸을 두 동강 낼 실력이 없다면 지속적인 대미지가 피부 속으로 스며들게 해야 한다.

하지만 중력의 압박이 가해진 상태에서 지금의 펫들로는 그 정도의 장기전을 벌이기 힘들었다.

차라리 진흙 몬스터를 상대할 때처럼 펫들이 시간을 벌어 주면 그 틈을 타서 아진이 스케라 건으로 3중첩 마법을 계속 시전하는 게 가장 좋은 방법이었다.

생각을 끝낸 아진이 몬스터들에게 말했다.

"얘들아, 연합 공격이다! 무리하지 말고 적당히 치고 빠지면서 다구리! 출동!"

펫들이 일제히 고개를 끄덕이고서 튀어나갔다.

"샤, 샤아아…….(그치만… 쟤 검은색이라 이상해…….)"

…샤오샤오만 빼고.

중력의 영향으로 펫들의 움직임이 많이 둔해졌으나 그렇다고 전투를 못 할 정도는 아니었다.

타우로스가 펫들을 향해 마주 돌진했다.

그에 장거리 공격이 가능한 블링이 몸의 일부를 탄환처럼 떼어내 쏘아붙였다.

슈슈슈슈숙!

강철도 녹여 버리는 블링의 산성 탄환 다섯 발이 타우로스에게 날아들었다.

타우로스는 날랜 움직임으로 그것을 피하더니 길가에 주차되어 있는 승용차를 한 손으로 쾅! 때렸다.

강력한 충격에 보닛이 와그작! 찌그러지며 총알처럼 튀어나간 승용차가 펫들을 덮쳐왔다.

"듀라라!"

예티가 앞으로 나서서 팔을 휘둘러 승용차를 쳐냈다.

콰앙!

멀리 날아간 승용차가 바닥에 충돌하며 폭발을 일으켰다.

그사이, 타우로스는 어느새 펫들의 지척에 다다랐다. 그가 열 손가락을 쫙 펴자 손톱이 줄톱마냥 길게 자라났다.

"그오오!"

타우로스가 가장 덩치 큰 예티의 가슴팍으로 손톱을 꽂아넣으려 했다.

채챙!

그때 또 다른 기다란 손톱 열 개가 타우로스의 공격을 막아냈다. 어느새 예티의 앞을 가로막고 선 꼬맹이였다.

5성까지 자란 꼬맹이의 손톱은 다이아몬드를 두부처럼 잘라 버린다.

타우로스가 아무리 강력한 4레벨 4성 몬스터라고 해도 꼬맹이의 손톱을 당해낼 순 없었다.

카각! 카가각!

꼬맹이가 서로 얽혀 있는 열 개의 손톱을 확 비틀었다. 손톱끼리 마찰을 일으키며 붉은 불똥이 튀는가 싶더니 다음 순간.

콰직!

타우로스의 손톱이 부러졌다.

꼬맹이가 그 틈을 놓치지 않고 바로 타우로스의 심장을 노렸다.

타우로스는 두 손을 뻗어 꼬맹이의 팔목을 낚아챘다.

녀석이 조금만 힘을 줘도 꼬맹이의 팔이 부러질 상황!

"토톳!"

그때 '지금이야!'라고 꼬맹이가 외치자 흰둥이와 타조가 타우로스의 양옆에 서서 공격을 퍼부었다.

바늘처럼 뾰족해진 흰둥이의 하얀 털과, 타조의 날카로운 날개가 타우로스에게 쏘아져 나갔다.

푸푸푸푸푸푹!

타우로스의 전신에 털과 날개가 꽂혀 들어갔다.

"그워어어어!"

고통에 고함을 지른 타우로스가 꼬맹이를 바닥에 메치더니 두 주먹을 꽉 쥐고 바닥을 내려쳤다.

콰아아아아아아앙!

엄청난 굉음과 충격이 파도처럼 퍼져 나갔다.

보도블록이 깨져 사방으로 비산했다.

콰드득! 드드드득!

타격점을 중심으로 파문을 일으킨 충격에 지면이 푹푹 꺼져 나갔다.

지진이 난 듯 땅이 흔들렸고, 강렬한 충격파는 주변에 있던 펫들을 전부 밀쳐냈다.

단 일격으로 위기의 상황을 정리한 타우로스가 아진을 찾았다.

하지만 어디에도 아진의 모습이 보이지 않았다.

"여기다, 새끼야!"

순간 아진의 음성이 머리 위에서 들려왔다.

타우로스가 고개를 치켜들었다. 동시에 아진이 스케라 건의 방아쇠를 당겼다. 스케라 건에는 이미 3클래스 아이스 볼 마법이 3중첩되어 있었다.

타아앙!

스케라 건이 거대한 얼음덩어리를 토해냈다.

그것은 타우로스가 피할 틈도 주지 않고 날아들어 작렬했다.

콰드드득! 콰직! 드드득!

3중첩 아이스 볼에 얻어맞은 타우로스의 몸이 빠르게 얼기 시작했다.

아이스 볼은 적중하는 상대의 몸을 얼려 버리는 마법이다.

단순히 표면만 얼리는 게 아니라 속의 모든 장기까지 전부 얼려 버린다.

그런 걸 세 번이나 중첩되어 위력이 배가된 상태로 맞았으니 아무리 타우로스라 하더라도 멀쩡할 수가 없었다.

"그으으……!"

타우로스의 전신이 꽁꽁 얼어 얼음 동상이 되었다.

"샤… 샤샤."

"잘했어, 샤오샤오."

아진이 허공에 둥둥 뜬 채 샤오샤오를 칭찬했다.

지금 샤오샤오는 아진의 허리띠를 잡고서 하늘을 날고 있었다.

그렇다.

샤오샤오는 비행이 가능하다.

일종의 마법이었다.

사실 샤오샤오는 이것 말고 다른 마법을 사용할 줄 모른다. 들려오는 썰에 의하면 마법 종족이 아닌 샤오샤오가 비행 마법을 사용하게 된 원인에는 그 부끄러움이 큰 몫을 했다고 한다.

홀로 대륙을 여행하다 다른 생명체를 만났는데 주변에 숨을 만한 곳이 아무 데도 없을 때마다 샤오샤오는 난감해졌었다. 그런 상황이 여러 번 반복되다 보니 나중에는 숨을 곳을 찾아 하늘을 날게 되었다는 얘기가 있다.

부끄러움이 비행 마법을 터득하게 해버렸다.

어디까지나 카데라식의 썰이었으나 에스테리앙 대륙 사람들은 그게 진짜일 수도 있다고 생각했다.

아진 역시 그것이 진실이라 믿고 있었다.

얘는 충분히 그럴 수도 있는 애였다.

아무튼 아진은 펫들의 협공과 샤오샤오의 협조로 타우로스에게 제법 큰 일격을 먹일 수 있었다.

하지만 전투에서 이긴 건 아니었다. 이건 타우로스의 움직임을 잠시 묶어놓은 것에 불과하다. 십수 초가 흐르면 타우로스는 얼음을 깨버릴 것이다.

그 전에 최대한의 누적 대미지를 주어야 한다.

아진이 스케라 건에 윈드 커터 마법을 3중첩해 방아쇠를 당겼다.

타아앙!

스케라 건이 3중첩 윈드 커터를 뿜어냈다.

윈드 커터는 눈에 보이지 않는 날카로운 바람의 칼날로 적을 공격하는 마법이다.

그 위력은 바위를 종잇장처럼 자를 만큼 강력하다.

서걱! 서서걱! 그극! 그그극!

수십 개의 윈드 커터가 얼음을 베고 타우로스의 가죽을 갉아나갔다.

그의 몸 곳곳의 가죽이 찢겨 나가며 붉은 피가 흘러나와 얼음이 붉게 물들었다.

제법 깊은 상처가 전신에 생겨났지만 딱 거기까지였다.

팔다리가 잘린다거나 치명적인 상처는 입힐 수 없었다.

그에 아진은 모든 윈드 커터를 타우로스의 오른쪽 허벅지로 집중시켰다.

진흙 몬스터 때도 그랬지만, 강력한 놈들과 싸울 때는 일단 기동성을 떨어뜨리는 게 최선이다.

카가가각! 카가각! 까득! 드드득!

모든 윈드 커터가 한곳을 노리고 달려들어 물어뜯어 버리니 타우로스의 강철 가죽과 단단한 뼈도 견디지 못했다. 결국.

서걱!

타우로스가 아이스 볼의 여파에서 벗어나 얼음을 깨고 나올 때, 오른쪽 다리는 잘려 나갔다.

"그워어어어어어!"

콰당!

타우로스가 고함과 함께 옆으로 쓰러졌다.

"얘들아, 밟아!"

아진이 그때를 놓치지 않고 다구리를 명했다.

펫들은 일제히 대답하며 타우로스에게 다가가 교차 공격을 펼쳤다.

한 놈이 치고 빠지면 다른 놈이 들어와 치고 빠지는 과정을 계속해서 반복했다.

비록 숭력 제어의 영향을 받고 있다지만 다리 한쪽을 잃은 타우로스에게 당하는 일은 없었다.

타우로스의 몸에 지속적인 대미지가 누적되었다.

그것을 허공에서 지켜보던 아진은 녀석을 테이밍할까도 생각했으나 관두기로 했다.

지금 저 몬스터는 본래 사람이었다. 그런 걸 알면서 테이밍한다면 소환할 때마다 불편할 게 뻔했다. 그럼 죽여야 한다. 죽이는 것에는 일말의 불편함도 없었다. 저 몬스터가 다시 사람으로 돌아가리란 보장도 없고, 돌아간다 해도 정부에게 구속당해 생체 연구를 당할 뿐이다.

'아니, 잠깐? 생체 연구? 저 녀석이 왜 저렇게 된 건지는 알아야 하잖아?'

그런 생각을 하는 한편으로는 과연 한국의 학자들이 가진 능력으로 이를 밝혀낼 수 있을까 하는 의구심이 들었다. 하지만 해서 나쁠 건 없다.

'반병신 만들어서 정부가 회수해 가게 만든다!'

가장 합리적인 결론이 나왔다.

아진은 스케라 건에 파이어 볼을 3중첩했다.

타우로스는 지금도 펫들의 연합 공격을 얻어맞아 골골대고 있는 상황이다. 이것 한 방이면 완벽하게 제압할 수 있었다.

"비켜라, 내 새끼들!"

아진이 소리쳤으나.

뚜시뚜시!

퍽퍽!

투닥투닥!

펫들은 타우로스를 때리는 데 그새 재미가 들려서 비키지 않았다.

"이것들이! 안 비키면 새 친구 더 안 만들어준다!"

새 친구 안 만들어준다는 협박에 펫들이 헉! 하는 얼굴이 되어 후다닥 물러났다.

동시에 스케라 건에서 3중첩 파이어 볼이 튀어나왔다.

콰아아아앙─!

엄청난 폭발이 3연속으로 일어났다.

쿠르르릉!

지면이 흔들리고 '그워어어어어!' 하는 타우로스의 비명이 울려 퍼졌다.

불길이 큰 버섯구름을 만들며 피어났다가 빠르게 사그라들었다.

매캐한 연기가 역한 냄새와 함께 퍼져 나갔다.

연기 너머엔 사지가 날아가고 몸뚱이와 머리만 남은 타우로스가 겨우 미약한 숨을 내쉬고 있었다.

"잡았어. 이제 조금만 기다리면⋯⋯."

말을 하던 아진의 눈동자가 파르르 떨렸다. 그가 타우로스에 대해 놓친 게 하나 있었다. 아진이 다급히 지배의 술을 전개했다. 타우로스를 수거해 갈 정부 인원이 올 때까지 그를 펫으로 만들 셈이었다.

하지만 늦었다.

타우로스의 눈동자가 빨주노초파남보의 색으로 한 번씩 바뀌더니 검게 물들었다.

"제기랄!"

타우로스의 몸이 갑자기 풍선처럼 확 부풀었다.

아진이 놓쳤던 게 이거였다.

녀석에게는 자폭 능력이 있었다.

한데 이게 무서운 건 폭탄처럼 터져 나가는 게 아니라 자폭을 하며 작은 블랙홀 같은 것을 만들어 주변의 모든 걸 빨아들인다는 것이다.

그 안으로 빨려 들어간 것들은 전부 기괴한 형태로 뒤섞여 배출된다.

한마디로 사람과 동물, 식물, 돌멩이 같은 것들이 핸드 블렌더로 갈아버린 듯 엉망으로 범벅이 된다는 말이다.

부우욱―!

기이한 소리와 함께 부풀었던 타우로스의 몸이 졸아들더니 수박만 한 어둠의 덩어리로 변했다.

이어 그 안으로 주변의 모든 것들이 빨려 들어가기 시작했다.

"봉인! 블링, 꼬맹이, 흰둥이, 타조, 예티, 샤오샤오!"

아진이 얼른 펫들을 봉인시켰다.

그대로 두었다간 모든 펫들을 다 잃을 판이었다.

물론 아진 자신도 위험했다.

클래스가 조금 더 높았다면 모를까.

3클래스인 지금에는 자신을 끌어당기는 저 검은 암흑의 힘을 당해낼 수 없었다.

그런데.

"…어?"

아진은 허공에 여전히 붕 뜬 채 서서히 끌려가는 중이었다. 그가 놀라 고개를 돌렸다.

"샤… 샤아……!"

샤오샤오가 봉인되지 않고서 아진의 허리띠를 낑낑대며 잡아당기고 있었다.

아진의 눈에 놀라움이 가득 찼다.

'이 녀석… 펫 주제에 내 의지를 거부했어……?'

샤오샤오는 아진을 혼자 두면 위험해질 것을 걱정해 필사적으로 봉인의 술을 거부했다.

있을 수 없는 일이었다.

한데 희귀 몬스터 샤오샤오는 그것을 해냈다.

"샤아아!"

샤오샤오가 안간힘을 쓰며 계속 아진을 끌어당겼다.

그러나 아진을 빨아당기는 암흑의 힘이 더 강했다.

점점 암흑과 아신의 거리가 가까워졌다.

그때, 여태껏 힘을 쓰느라 감고 있었던 샤오샤오의 눈이 떠졌다.

"샤… 샤샤샤?!"

샤오샤오는 가까운 곳에 있는 검은색의 구를 보는 순간 얼굴이 붉게 달아올랐다.

저게 뭔지 모르겠지만 가까워지면 질수록 샤오샤오는 부끄러워 죽을 지경이었다.

제발 더 이상 다가가지 않았으면 했다.

그러나 샤오샤오의 바람과 달리 암흑의 힘은 강해졌고 아진은 더 빠르게 끌려갔다.

"샤아아!"

"샤오샤오! 조금만 더 버텨! 이제 곧 끝나! 어둠이 닫힐 거야!"

"샤아아아아!"

샤오샤오가 젖 먹던 힘까지 짜내 아진을 당겼다.

아진의 얘기에 부응하기 위해서가 아니었다.

그냥 부끄러워서 검은색 구슬에 더 다가가기가 싫었다. 하나 역부족이었다.

결국 두 사람은 구슬의 지척까지 다다랐다.

"이런!"

이제는 돌이킬 수 없었다. 끝이었다.

아진과 샤오샤오의 몸이 암흑 속으로 빨려 들어가려 했다.

그 순간.

"샤, 샤아아! 샤아아아!(시, 싫어! 부끄러!)"

극도의 부끄러움을 느낀 샤오샤오가 아진의 벨트를 놓고 고사리만 한 주먹을 내질렀다.

꽈아아아아아아아앙!

샤오샤오의 주먹이 실재하지 않는 비물질인 어둠의 공간을 타격했다.

그와 동시에 아진을 빨아들이던 힘이 거짓말처럼 사라졌고, 어둠의 공간은 산산이 조각났다.

"샤아, 샤하아."

샤오샤오는 자기가 무슨 짓을 한 건지도 모른 채 숨을 헐떡였다.

아진이 황당한 시선으로 그런 샤오샤오를 바라봤다.

절체절명 최후의 순간.

샤오샤오의 부끄러움이라는 것이 폭발했다.

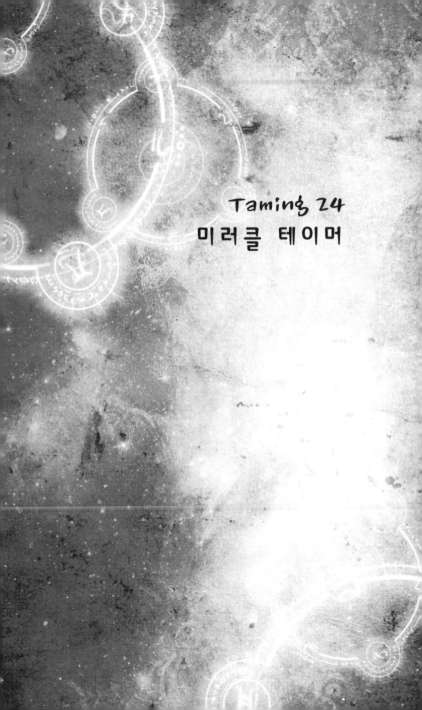

Taming 24
미러클 테이머

"샤오샤오, 너 괜찮냐?"

난 당장 샤오샤오에게 다가가 녀석의 주먹부터 살폈다.

혹시 암흑 공간과 충돌하며 주먹이 날아가 버린 건 아닌가 걱정이 됐다. 다행히 황갈색 털로 뒤덮인 손등과 핑크빛 젤리가 박힌 손바닥은 멀쩡했다.

"와… 너는 부끄러움이 전투력으로 전환되는 거야, 뭐야? 이렇게 대단한 녀석인 줄 알았으면 에스테리앙 대륙에서도 어떻게든 테이밍했을 텐데."

"샤샷."

샤오샤오가 뒷머리를 긁적이며 부끄러워했다.

하긴, 타우로스의 자폭이 무서운 능력이긴 해도 샤오샤오 역시 녀석과 같은 4레벨 몬스터다.

게다가 그 작은 몸에 감추고 있는 힘과 스피드는 동급 최강이라 평가될 정도.

타우로스의 자폭으로 생겨난 암흑의 구슬 역시 4레벨 몬스터의 한계치 이상의 힘은 내기 힘들 테니 샤오샤오가 막아냈다는 게 어찌 보면 크게 놀랄 일도 아니었다.

사실 에스테리앙 대륙에서도 샤오샤오의 한계가 어디까지인지 정확히 밝혀낸 몬스터 학자가 없었다.

그 이유로는.

첫째, 이 녀석들 부끄럼 엄청 타서 애초에 잡기가 힘들다. 연구 샘플이 턱없이 부족한 것이다.

둘째, 막상 잡아서 실험에 들어가도 대부분 부끄럼만 타다가 끝난다.

셋째, 실험이라는 것이 실험체를 냉정하게 바라볼 수 있어야 하는데, 샤오샤오는 그게 원체 힘들다. 실험하려다 그 귀여움에 정이 들어 그냥 풀어주는 경우도 다반사다.

아무튼 그러한 상황이다 보니 그나마 측정한 힘과 스피드, 자가 치유 능력 등등을 토대로 4레벨이라 정해놓은 것이다.

혹자들은 샤오샤오의 진정한 힘은 아직 아무도 모르고 4레벨을 훨씬 상회하는 몬스터일지도 모른다고 평한다.

나도 이 녀석을 볼 때마다 아직도 감춰진 힘이 무궁무진할 것 같다는 예감이 무럭무럭 피어난다.

난 샤오샤오의 머리를 쓰다듬어 주었다.

"고생했다. 덕분에 살았어."

"샤샤샤~"

샤오샤오의 뺨에 난 분홍빛 털이 사르르 흔들렸다.

녀석이 몸을 배배 꼬며 부끄러워하는 와중에도 내 품으로 파고들어 얼굴을 가슴에 밍기적거리고 비벼댔다.

그 모습이 귀여워 한 번 꼭 안아주고서 아공간으로 돌려보냈다.

"후, 엉망이네."

학교 앞 인도와 도로가 격전을 벌인 흔적으로 몸살을 앓았다.

보도블록은 깨지고 도로는 푹 꺼지고, 전봇대 몇 개가 암흑 공간으로 빨려 들어가 자취를 감췄다.

나무들이 뿌리 뽑혀 도로 위에 드러누웠다.

학교 담벼락이 무너져 파편 부스러기가 사방에 널려 있었다.

상황이 종료되고 난 다음에야 도망쳤던 사람들이 하나둘 모여들기 시작했다.

저 멀리서 사이렌 소리도 들렸다.

대응 한번 참 빠르다.

난 녹화 종료 버튼을 눌러 블랙윙을 수거한 뒤, 타우로스의 시체에 다가갔다.

녀석의 심장에 손을 푹 꽂아 넣은 뒤 이리저리 휘젓다 핵을 찾아서 꺼냈다.

사람이었다가 몬스터가 되어버린 놈인지라 핵은 멀쩡할까 싶었다. 한데 겉보기에 아무런 문제가 없었고 속에서 느껴지는 포스도 순수했다.

이상 없는 핵이었다.

그것을 사람들이 보기 전에 얼른 입에 넣고 삼켰다.

4레벨의 4성 몬스터인 만큼 핵에 담긴 포스가 상당했다. 포스는 전부 내 심장의 네 번째 고리에 갈무리되었다.

그동안 던전을 돌며 열심히 모아왔던 포스와 이 녀석의 포스가 합쳐지니 네 번째 고리도 거의 다 채워지기 직전이었다.

"좋아. 던전 한두 번만 더 돌면 4클래스도 금방이야."

느닷없는 타우로스의 등장에 심장이 쫄깃해지긴 했으나 결과적으로는 실보다 득이 더 많았다.

이 난장판이 된 것에 대한 뒤처리야 비욘더 길드와 정부 측에서 알아서 해줄 테니 내 알 바 아니다.

삐빅— 삐빅—

그때 던전 레이더에서 통신이 들어왔다. 버튼을 눌러 통신을 받자마자 차서린의 음성이 흘러나왔다.

―고생했어요, 우리 고딩. 근데 전화는 왜 안 받을까?

"전화? 내 스마트폰 주머니에 잘 있는……."

말을 하며 바지 주머니를 뒤적이는데 스마트폰이 없다. 메고 있던 가방에도 없다. 아뿔싸.

"…타우로스 이 새끼가 자폭하면서 만든 공간에 빨려 들어간 것 같네요."

―어머? 마음을 곱게 쓰지 않으니까 그런 벌을 받죠. 호호호호.

"지금 남의 불행 가지고 즐거워하는 카레이서 누나도 딱히 맘 곱게 쓰는 거 같지 않으니 조만간 벌 받겠네요? 하하하."

―어머나, 이 새… 아니, 이 고딩이?

방금 '이 새끼가?'라고 하려했던 게 분명하다.

"그나저나 무슨 일이에요?"

―첫 번째로 더 커질 수 있었던 사건 무사히 종결시켜 줘서 고맙다는 말 전하려고요. 다른 비욘더들한테도 호출 보냈는데, 도착하기도 전에 처리해 버렸네요? 인상적이었어요.

"두 번째는?"

―이번 사건으로 길드 상부나, 정부에서 아진 군을 귀찮게 하는 일은 없을 거예요. 사건과 관련된 모든 정황을 저에게만 알려주면 돼요. 그럼 내가 나서서 처리할 테니.

솔직히 귀찮아지지 않게 해준다는 건 상당히 고마웠다.

"알았어요. 학교 끝나고 길드 들를게요."

─저녁이나 같이 먹죠. 뭐 먹고 싶은 거 있나요? 내가 싫어하는 거 빼고.

내가 당신이 싫어하는 음식이 뭔지 어떻게 알아, 이 아가씨야?

하지만 내가 먹고 싶은 건 있었다.

그간 지구에 돌아와서 이것저것 그립던 음식을 다 섭렵했는데 유일하게 아직까지 기회가 닿지 않아 못 먹어본 요리가 있었다.

"조개찜 먹고 싶은데요."

그런데 그게 차서린이 싫어하는 음식이었나 보다.

─조… 개 같은 소리하고 있네요.

"…네?"

─메뉴는 내가 정할 테니 6시까지 시간 맞춰 와요.

통신은 그렇게 끊겼다.

…이 여자 방금 나한테 욕한 거 맞지?

＊　　　＊　　　＊

학교에서 김태하와 지동찬의 모습은 보이지 않았다.

김태하는 당장 거동할 상태가 아닐 테고, 지동찬은 내가 무서워서 도저히 혼자는 등교 못 할 것이다.

수업을 듣는 둥 마는 둥 하며 시간을 보냈다.

모든 수업이 끝나고 난 뒤 난 미은디 길드에 가서 차서린에게 자초지종을 털어놓았다.

날 덮친 타우로스가 어느 양아치들 우두머리였고, 녀석이 날 찾아왔던 건 몰려다니던 패거리 중 둘을 내가 두들겨 팼기 때문이라고.

의문인 건 한 달 전에 맞았던 놈들이 왜 이제야 찾아왔느냐 하는 것이었다.

물론 이런 의문까지 차서린에게 전부 얘기해 주었다.

그 외에는 더 말할 게 없었다.

멀쩡하던 인간이 어떻게 몬스터로 변해 버린 건지는 나도 궁금한 상황이니까.

차서린은 필요한 정보만 듣고 난 뒤, 나를 보내줬다.

아, 그녀가 사준 저녁밥은 결국 또 순댓국이었다.

보고를 마치고 핸드폰 대리점에 들러 새 스마트폰을 구매했다. 돈이 많으니 최신형 스마트폰을 지르는 데 망설임이 없었다.

만족스러운 기분으로 집에 돌아가는 길.

띠링.

던전 레이더에서 알림음이 울렸다. 액정에는 새로 열린 던전 정보가 떴다.

―위치 : 시청 앞 도로

―감지되는 몬스터 레벨 : 2레벨

―콜을 받으시겠습니까? [Yes/No]

콜을 안 받을 이유가 없으니 번개보다 빠른 손놀림으로 예스를 터치했다. 다행스럽게도 콜은 내게 떨어졌다.

"그렇지!"

―콜을 동시에 받은 비욘더가 두 명 더 있습니다.

―비욘더 이름은 '밴디지', '정재혁'입니다. 던전 입장 전에 파티 매칭된 비욘더의 신원을 확인하기 바랍니다.

요새 변종 던전이 하도 열리다 보니 이제는 2레벨 던전에도 3명 이상 파티를 맺어주는 모양이다.

정재혁은 처음 들어보는 이름이고 밴디지는 바로 어제 만났었다.

"특이한 양반이랑 또 만나게 되겠네. 소환, 타조!"

"우루루루루루루~"

조금전에 전투를 끝낸 타조가 다시 소환되어 내 앞에 나타났다.

난 타조에게 훌쩍 올라타서 소리쳤다.

"시청으로 가자!"

"우루루!"

씩씩하게 대담한 타조가 날개를 펼치고 높이 날아올라 늠름한 자태를 뽐내며 하늘을 질주했다.

빠악!

"반대쪽이잖아, 인마!"

"우루?!"

*   *   *

이번 던전은 기존의 던전들과 크게 별다를 것 없이 무난했다.

아니, 오히려 심심할 정도였다.

던전에서 만난 몬스터라고는 2레벨 파우몽밖에 없었다.

파우몽은 달걀 형태의 사람 키 반만 한 몬스터로 팔다리가 없고 똑바로 서서 통통 뛰어다니는 놈이다.

아, 코도 없다.

하얀 몸통에는 동그란 눈과 큰 입만 달려 있다.

이 녀석도 하나 테이밍할까 하다가 이제는 좀 더 강한 몬스터를 길들여 성장시켜 나가는 게 득이 되는 터라 관뒀다.

대신 놈들 잡고 나오는 핵을 전부 집어 먹었다.

그러다 보니 네 번째의 고리가 포스로 가득 찼고 드디어 4클래스의 경지에 다다르게 되었다.

3클래스의 힘을 되찾을 때까지는 엄청 신났었는데 이것도 이제 익숙해지는 모양이다.

대단한 희열이 오거나 하지는 않았다.

요새는 그냥 더 강한 몬스터들이나 빨리 테이밍하고 싶었다.

역시 내 본분은 테이머였다.

파우몽에게서 얻은 전리품은 던전에 입장한 세 사람이 공평하게 나눠 가졌다.

이 녀석들의 전리품은 콩콩 뛰어다닐 때마다 바닥과 충돌하는 밑 부분 껍질이다.

그 부분만 다른 곳과 달리 색이 좀 탁하다.

게다가 더 딱딱하고 질기다.

해서, 웨폰 회사에서 저가형 방어구를 만드는 데 이용이 된다.

던전의 몬스터를 모두 토벌하고 밖으로 나와 토벌 완료 신고를 마쳤다.

정재혁은 일이 끝나자마자 인사를 나누더니 먼저 자리를 떴다.

나는 밴디지와 둘이 덩그러니 남아 있었다.

한데 이 양반은 뭐 말도 별로 없고 워낙 음침한 데가 있어서 여간 불편한 게 아니었다.

"그럼 저도 이만."

인사를 건네고 떠나려 하는데 밴디지의 낌새가 어째 이상

하다.

뭔가 내게 할 말이 있어 보인다.

그러다가 등을 보이더니 다른 곳으로 걸음을 옮겼다.

'뭐지?'

의문이 들었으나 그냥 흘려보내고 난 타조를 소환해 집으로 향했다.

밴디지는 걸음을 걷다 말고 뒤돌아서서 하늘을 바라봤다.

저 높이 타조를 타고 날아가는 아진의 모습이 작은 점이 되어 박혀 있었다.

빠르게 멀어지는 아진을 하염없이 눈에 담는 그의 입에서 그리움을 담은 음성이 흘러나왔다.

"아진아……."

아진이 시야에서 완전히 사라지고 나서야, 밴디지는 다시 걸음을 옮겼다.

＊　　　＊　　　＊

일주일이 지나도록 김태하와 지동찬은 학교에 나오지 않았다.

콜을 받는 던전에서도 마주칠 수 없었다.

김태하를 향한 분노가 아직 뜨거울 때 마주했으면 좋겠는데 여전히 혼수상태인 모양이다.

"혼수상태에서 벗어난 기념으로 다시 혼수상태로 만들어주는 것도 나쁘지는 않지."

좋게 좋게 생각하자.

일주일간 돈도 제법 모았고, 얼마 전에는 4클래스 비욘더가 되었으니 이제 슬슬 아버지에게 일 그만두라 말해도 될 타이밍이다.

오늘 얘기할까, 내일 얘기할까, 아니면 곧 다가올 아버지 생일 날 기쁨 따블로 드릴까 생각하며 학교를 마치고 집으로 가는 도중, 콜 하나가 떨어졌고 그것을 내가 잡았다.

콜을 받아 나간 자리엔 나와 파티 매칭이 된 남지혁과 이환이 먼저 도착해 기다리고 있었다.

둘 다 그때 진흙 몬스터를 상대하고 난 뒤 처음으로 보는 자리였다.

두 사람은 이런저런 대화를 나누다가 날 발견하자 반갑게 맞이했다.

"아진 님, 그간 잘 지내셨어요?"

"여~ 왔냐?"

"둘 다 반가워요."

웃으며 대답하니 두 사람은 후다닥 달려와서 내 양손을 한쪽씩 꾹 잡고 마구 흔들어댔다.

"축하해요, 아신 님!"

"축하한다, 동생!"

"네? 갑자기 뭘……?"

내가 어리둥절해하자 두 사람이 시선을 교환하고서 똑같이 고개를 갸웃거렸다.

"왜 본인이 몰라? 비욘더들 사이에서는 빛보다 빠른 속도로 퍼지는 빅뉴스를?"

"빅뉴스라뇨? 내가 뭐 했어요?"

"했죠! 거리에서 난동 부리던 4성 타우로스를 혼자 잡으셨잖아요! 그게 얼마나 대단한 일인지 모르세요?"

대단한 일이긴 하지.

3클래스 비욘더 혼자 4레벨, 그것도 4성 몬스터를 잡아버렸으니.

"그거 축하해 주는 것치곤 너무 반응이 호들갑스러운데."

"인마, 진흙 몬스터 사건이랑 네 그 특이한 능력과 그간의 활약상 등등! 아무튼 네 이름이 한동안 비욘더들 사이에서 엄청 화제였는데 일주일 전에 타우로스 혼자 때려잡는 바람에 빵 터졌다!"

"어떻게 빵 터졌는데요? 풍선처럼? 화산처럼?"

"화산처럼!"

"아진 님~ 5인의 초신성이 된 걸 축하드려요."

이환이 방긋 웃으며 말했다.

5인의 초신성? 이게 무슨 소리야?

"5인의 초신성은 다들 알아서 잘 활동하고 있잖아요?"

"기존에 있던 멤버 중에서 독고진이 빠지고 그 자리에 네 이름이 올라왔더라. 비욘더들은 이제 다들 너를 새로운 초신성으로 보고 있어. 축하한다."

"제, 제가요?"

"그래. 칭호가 뭔 줄 아냐?"

…어째 좀 불안한데.

"뭔데요?"

이환과 남지혁이 입을 맞춰 말했다.

"미러클 테이머!"

"엑? 미러클 테이머? 그거 좀 오글거리지 않나? 누가 그런 칭호를?"

"오글거리기는. 멋지구만."

"네, 정말 멋져요, 아진 님."

5인의 초신성. 미러클 테이머… 라고? 내가?

난 속으로 내 칭호를 계속해서 곱씹었다. 그러다 나도 모르게 미소를 지었다.

이환과 남지혁도 마주 미소 지어주었다.

"한 번 더 진심으로 축하해."

"저두요."

따듯한 말을 건네는 두 사람을 바라보며 나는 뿌듯하게 고개를 끄덕였다.

　이제부터 이 세상에서의 빛나는 삶이 제대로 시작된다는
느낌이 들었다.

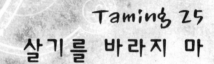

Taming 25

살기를 바라지 마

　춘천 지부 비욘더 마스터 도진결과 차서린에게는 휴일이라
는 것이 없었다.

　마스터라는 위치에 앉기 위해서는 수많은 교육 과정을 받
고 난도 높은 시험에 합격해야 한다.

　마스터라는 건 단순히 클래스가 높다고 딸 수 있는 직함이
아니다.

　여러 면에서 뛰어나고 타인보다 월등해야 한다.

　게다가 마스터가 되기 위해 지원하는 비욘더의 수는 극히
적었다.

　때문에 1년에 새로 뽑히는 마스터의 수는 전국적으로 20명

정도밖에 되지 않는다.

그렇다 보니 마스터의 수가 부족할 수밖에 없었다.

이러한 상황은 각 지부의 마스터들을 휴일까지 반납하고 일만 하게 만들었다.

차서린과 도진결은 춘천 지부 마스터가 된 이후 한 번을 쉬어본 적이 없었다.

낮에는 차서린이, 밤에는 도진결이 나와 길드를 운영해야 했다.

차서린은 일이 끝나면 늘 곧장 집으로 가 잠을 잤다. 배가 많이 고플 땐 순댓국에 소주 세 병을 마시고 들어가 잠을 잤다. 근무 시간 이후엔 이 두 가지 패턴 외에 다른 패턴은 거의 존재치 않았다.

그런데 오늘, 차서린은 길드 업무를 마치자마자 차를 끌고 서울로 향했다.

근래 들어서 한 번도 없었던 패턴이다.

＊   ＊   ＊

서울의 강남은 디멘션 임팩트 전후로 그 모습이 너무나 달랐다.

몬스터들의 침략으로 일대가 완전히 뒤집혀 아수라장이 되고 난 뒤, 빌딩숲은 옛말이 되었다.

지금은 허허벌판의 땅덩이 위에 이 빠진 모양새로 고가 건물 몇 개가 듬성듬성 서 있을 뿐이었다.

인구수도 확 줄어버린 터라 인파에 북적이는 속 터지는 광경도 볼 수 없었다.

그 옛날의 아성을 잃어버려 이제는 한산하다고까지 느껴지는 도시의 도로 위를 차서린의 붉은색 스포츠카가 달리고 있었다.

끼이이익!

넓은 사거리 교차로에서 드리프트하듯 왼쪽으로 꺾은 스포츠카는 100미터 앞에 있는 15층 빌딩의 지하 주차장으로 들어섰다.

적당히 아무 데나 차를 세우고 운전석에서 내린 차서린의 얼굴엔 짜증이 가득 차 있었다.

그녀가 엘리베이터를 타고 건물의 최상층으로 향했다.

엘리베이터 문이 열리자 긴 복도가 나왔다.

복도 가장 오른쪽 끝에 달린 문으로 다가가 노크를 했다.

똑똑.

"들어와."

안에서 걸쭉한 노인의 음성이 들려왔다.

차서린이 문을 열고 안으로 들어섰다.

가장 먼저 그녀의 눈에 띄는 건 일흔이 넘은 나이에도 건장한 풍채를 자랑하며 앉아 있는 노인보다 책상 위에 놓인 명패였다.

Korea Beyonder Master jin—hyuck Cha

절대적 상호 불가침 조약이 체결되기 이전에 미국의 비욘더 관리국이 만들어준 명패다.

"오래간만이군."

차진혁이 차서린을 보며 빙긋 웃었다.

하지만 차서린은 전혀 웃을 기분이 아니었다. 그러나 기분과 달리 그녀의 입은 거짓 미소를 머금었다.

"왜 불렀죠?"

"용건만 간단히 하자는 건가?"

백발이 성성한 머리를 말끔히 빗어 넘긴 정장 차림의 노인의 한 마디 한 마디엔 감히 함부로 범접할 수 없는 힘이 담겨 있었다.

물론 그 위엄이 차서린을 어떻게 할 수는 없었다.

"어머, 대번에 알아들으시니 얘기가 빠르겠네요."

"그래. 말 돌리지 않겠네. 루아진이라고 했던가? 그자의 능력, 흥미롭더군. 여태껏 어떤 비욘더도 갖지 못했던 능력이야."

"그래서요?"

"데려와."

"손주 자식마냥 예뻐서 얼굴 보고 직접 사탕이라도 까주시게요? 아님 용돈을 주시려나?"

차서린의 도발에 차진혁의 미소가 짙어졌다.

그가 두 손을 깍지 껴 테이블 위에 올린 뒤, 그 사이에 턱을 걸치고 말했다.

"더한 걸 줄 수 있지."

"우리 고딩이 과연 받고 싶어 할까요?"

"이게 선택의 문제라고 생각하나?"

"어머나~ 상부의 강압적 행동을 제가 그냥 보고 있을 거라 생각하시나요?"

"그렇게 생각할 일이 아니야. 이건 전 인류를 살리는 일이네. 루아진 한 명의 희생이 모든 인류에게 빛을 가져다준다고. 가뜩이나 변종 던전이 우후죽순 생겨나는 판이잖나. 이후엔 또 어떤 던전이 튀어나와 뒤통수를 칠지 몰라. 한시라도 빨리 이 프로젝트를 활성화시켜야 해."

"그래서 스무 명의 비욘더가 개죽음을 당했다죠?"

"국가를 위한 고결한 희생이지."

"아무리 국가를 위한 일이라고 한들, 비욘더를 강제로 실험에 동원시킬 권리는 없어요."

"강제 동원이 아니야. 자발적 지원이었지."

"윗분들의 혀놀림에 속아 사인한 거죠."

"거짓을 말한 적 없어."

"대신 있지도 않은 영웅심을 자극시켰구요."

"그들의 희생으로 이 프로젝트가 성공한다면 정말 영웅이 되는 거야."

"정말 오로지 그 이유뿐인가요?"

"그런 질문을 하는 의도가 무언지 궁금한데."

"이 프로젝트를 왜 군이 정부와 손잡고 진행하는지 모르겠네요. 비욘더 길드와 정부가 서로 으르렁거리는 관계는 아니었어도 어깨동무할 만큼 친한 것도 아니었잖아요?"

"한국의 멸망을 막자는 이념 아래 뜻이 통한 거지."

다른 꿍꿍이가 있는 게 아니냐는 말이 목구멍까지 차올랐지만 내뱉지 않았다.

물어봤자 돌아올 대답은 뻔했다.

한국의 비욘더 길드는 3년 전부터 정부와 손잡고 하나의 은밀한 프로젝트를 추진했다.

바로 '인젝트 프로젝트(Inject Project)'가 그것이다.

비욘더의 능력을 추출해 다른 비욘더'들'에게 주입하여 강제적으로 능력을 전이받도록 만들어 버리는 것이 인젝트 프로젝트의 내용이다.

한마디로 같은 비욘더라도 상대적으로 약한 비욘더들을 더 강력한 비욘더로 재탄생시킬 수 있다는 게 인젝트 프로젝트의 핵심이었다.

한 명의 비욘더에게서 추출해 내는 능력은 이론상 20명의 비욘더에게 주입할 수 있었다.

한데 문제는 이 연구의 실험체로 사용된 비욘더가 모두 죽었다는 것이다. 게다가 스무 명의 비욘더가 희생되었음에도 불구하고 연구 성과는 제로. 인젝트 프로젝트로 능력을 전이받은 비욘더가 단 한 명도 없었다.

'과연 그게 사실일까?'

차서린은 비욘더 길드 상부의 사람들과 몇몇 길드 마스터만이 알고 있는 이 연구 결과가 영 미심쩍었다.

아무리 힘들고 어려운 연구라 하더라도 사람의 목숨까지 희생시켜 가면서 진행된 프로젝트가 여태껏 단 한 번도 성공하지 못했다는 게 이상했다.

정부와 비욘더 길드의 인간들이 그렇게까지 무능할 리가 없다.

그리고 능력을 축출당한 비욘더들이 전부 죽어버린 것인지도 확인 불가했다.

그녀가 접할 수 있는 건 그저 상부에서 내려오는 보고서의 내용이 다였다.

차서린은 속으로 고개를 저었다.

'그렇게 허술할 리가 없어.'

차진혁은 정부와 무언가를 꾸미고 있었다.

그것을 들키지 않기 위해 거짓된 정보를 흘리고 날조된 보고서를 만들어 다른 쪽으로 관계자들의 시선을 돌리는 것이다.

차서린은 인젝트 프로젝트의 진짜 목적이 무엇인지를 알아내고 싶었다.

하지만 아직은 더 깊이 다가갈 수가 없었다.

"아무튼 제 지부 비욘더들은 건드리지 않았으면 좋겠네요."

"내가 그 말을 들을 거라고 생각하나?"

"들으셔야죠. 그렇지 않으면 유일한 핏줄 하나 잃게 될테니까."

그 말에 평정을 유지하던 차진혁의 미간이 와락 일그러졌다.

"서린아, 적당히 까불거라."

"아빠 먼저 적당히 하지?"

"그 나이 먹고 아빠가 뭐야, 이 녀석아! 그리고 집 밖에서 아빠라고 부르지 말랬잖아!"

"그쪽이 먼저 집에서 딸 대하듯 불렀잖아!"

"그, 그쪽? 그쪼옥?!"

"아빠라고 부르지 말라며!"

"이 정신 나간 딸년이!"

콰앙!

차진혁의 의자에서 벌떡 일어나 테이블을 내려쳤다.

철제 테이블이 종이마냥 구겨지며 바닥으로 푹 꺼졌다.

"누구한테 년이래!"

차서린이 옆에 있던 장식장에 옆차기를 날렸다.

콰아앙!

와장창!

장식장의 유리가 다 깨지고 선반이 부러지며 각종 고가의 장식품들이 밑으로 내려앉았다.

"그 성질 좀 죽이란 말이야!"

콰앙!

"누구한테 배운 건데!"

콰아앙!

"당장 나가! 꼴도 보기 싫어!"

콰아아앙!

"꼴도 보기 싫으면 애초에 부르지를 마!"

콰아아아앙!

"이게 끝까지!"

차진혁이 무언가를 더 부수려 할 때 차서린이 몸을 휙 돌려 사무실의 문으로 다가갔다. 그녀가 주먹을 말아 쥐고 마지막 한 마디를 던졌다.

"절대로 루아진 건드리지 마."

그러고는 닫힌 문에 정권을 날렸다.

꽝!

엄청난 충격에 떨어져 나간 문을 짓밟으며 차서린은 사무실을 나섰다.

차진혁이 씩씩대다가 다시 의자에 몸을 파묻었다.

그가 솥뚜껑 같은 손으로 눈을 덮고 신음하듯 말했다.

"하나 있는 딸년이 이렇게 뜻을 달리해서야."

만약 그녀가 인젝트 프로젝트의 진짜 내용을 알게 됐다면 어떻게 나왔을까? 아버지고 뭐고 당장 연 끊어버린다며 고래고래 악을 썼을 것이 분명하다.

"쓸데없이 정의로워."

차진혁에게 차서린은 늦은 나이에 힘들게 얻은 유일한 핏줄이다.

그는 차서린을 어떻게든 자신의 방주에 태워서 함께 가고 싶었다.

하지만 그 아이는 자기 엄마를 닮아 필요 이상으로 정의롭다.

죽어버린 아내를 떠올리던 차진혁의 얼굴에 그리움과 고통이 함께 자리했다.

"그 정의로움 때문에 네 엄마가 죽은 거야. 세상은 정의로운 자가 승리하는 게 아니다. 승리하는 사람이 정의를 말할 수 있는 거지. 죽은 자는 말이 없는 법이라고, 미련한 녀석아."

차진혁은 차서린에게 어느 누구도 건드릴 수 없는 힘과 권력을 남겨주고 싶었다.

그 과정이 잘못되었고 수많은 이의 희생이 따른다 한들 상관없었다.

자신이 악마가 됨으로써 딸이 천수를 누릴 수 있다면 그걸로 족했다.

그러나 차서린은 그런 아비의 마음을 조금도 이해하려 하지 않았다.

차진혁에겐 아직도 갈 길이 멀기만 했다.

*   *   ·   *

일요일 새벽.

아버지가 출근하기 위해 샤워하는 소리를 듣고 잠에서 깼
다.

난 통장을 슬쩍 열어보고 그간 벌어들인 액수를 확인했다.

'542,385,000.'

대략 5억 4천 정도.

한 달 조금 넘는 시간 동안 많이도 모았다.

오늘은 아버지의 생신날이다. 나는 아버지의 생일 선물로
이 통장을 손에 쥐여 드리며 내가 비욘더가 되었다는 사실을
말씀드리기로 마음먹었다.

아버지가 하시는 경비직은 격일제로 나가는 대신 24시간을
근무한다.

그러니까 오늘 새벽에 나가면 내일 새벽에 들어오신다는 거
다.

그리고 그게 아버지께서 경비 일을 하시는 마지막 날이 될
것이다.

더 이상 아버지가 고생하는 건 싫다.

젊었을 적엔 혈기왕성하고 건강한 아버지였지만 어머니가 돌아가고 난 뒤 급격히 야위었다.

지금은 심신이 모두 약해져서 경비 일을 하다 험한 꼴을 당해도 말 한마디 못 하는 모양이다.

그래서 더더욱 아버지를 편히 쉬게 해드리고 싶다.

아버지가 아직 씻을 동안 거실로 나갔다. 냉장고를 열어 어제 미리 장을 봐 온 재료들로 미역국을 끓였다.

미역은 미리 불려놨고, 소고기 양지살도 사 온 터라 맛있는 소고기 미역국이 금방 완성되었다.

아버지가 보면 놀라실 광경이다.

아버지가 알고 있는 아들은 요리에 통 재주가 없는 녀석이니까.

내 요리 실력은 당연히 에스테리앙 대륙에서 사는 동안 늘었다.

요리라는 것이 맛을 볼 줄 알고 낼 줄 알면 기본적으로 다 거기서 거기인지라 한국에서 나는 재료들로도 충분히 맛있는 음식을 만들 자신이 있었다.

그럼에도 지금껏 통 요리를 하지 않았던 건, 사 먹는 데 맛을 들렸기 때문이다.

먹고 싶은 것들이 너무 많았는데, 그때마다 레시피를 찾아가며 공부하기엔 시간이 아까웠다.

상 위에 미역국을 내놓고 흰 쌀밥과 김치를 꺼내놓자 마침 아버지가 샤워를 마치고 나왔다.

"어? 아진아, 왜 이렇게 일찍 일어났어?"

"아버지, 식사하세요."

"식사해야지. 근데… 김칫국이 아니네? 미역국이야?"

"네."

"네가 끓였어?"

"어서 드셔 보세요."

"아니 네가 무슨 요리를 할 줄 안다고……."

아버지는 놀라 눈을 동그랗게 뜨고 상 앞에 앉았다. 그러고는 숟가락으로 미역국을 휘저어 보더니 한술 떴다.

"와아~ 냄새만 맡아도 벌써 맛있겠다."

그렇게 말씀하고 계시는 아버지의 얼굴은 불안함을 감추기 위한 억지 미소가 걸려 이상하게 찌그러져 있었다.

"진짜 맛있겠는데?"

"네. 얼른 드셔 보세요."

"와~ 안 먹어도 알겠다. 맛있는 거."

아버지의 입 근처에서 숟가락이 들어갈락 말락 불안하게 움직였다. 평생 음식이라고는 해보지도 않았던 아들이 국을 끓였다고 하니 영 못 미더운 모양이다.

"어우, 진짜 맛있어 보인다, 이거."

"이제 그만 드시죠, 아부지."

숟가락을 바라보는 아버지의 표정이 사약 받은 장녹수처럼 변했다.

"아진아, 아빠가 돈가스 사줄 테니까 외식하러 갈래?"

"이 새벽에 우리 동네에 문 여는 돈가스집 없습니다. 그냥 속는 셈 치고 드셔 보세요."

아버지는 '설마 죽진 않겠지……'라고 중얼거리며 겨우 한 숟갈을 입에 넣었다. 그러고는 맛볼 생각도 없이 꿀꺽! 삼키더니.

"…어?"

눈이 휘둥그레져서 이번엔 신중하게 다시 미역국을 맛보았다.

"어라?"

아버지가 밥을 미역국에 턱 말았다.

그러고서는 바쁘게 숟가락질을 했다.

냠냠. 쩝쩝. 와구와구. 꿀꺽.

아버지는 게 눈 감추듯 한 그릇을 뚝딱 비웠다.

"와아, 아니, 이게 왜 이렇게 맛있어? 아진아, 진짜 네가 한 거냐?"

"사실 제가 아부지한테 기쁨 따블로 드리려고 몰래몰래 요리 실력을 갈고닦았어요."

"와아, 진짜 맛있다."

그러더니 아버지는 미역국이 담긴 냄비를 힐끔힐끔 쳐다보며 물었다.

"너 저기… 오늘 휴일인데 아빠가 남은 미역국 도시락으로 싸 가면 집에서 먹을 거 없지?"

"아이구, 아부지! 나는 또 알아서 요리해 먹으면 되지! 다 싸 줄게요. 다 가져가서 맛있게 드세요."

내 말에 아버지의 얼굴에 화색이 돌았다.

"정말? 그래도 되겠냐?"

"그럼요!"

나는 얼른 미역국을 싸서 아버지께 건넸다.

아버지는 함박웃음을 지으며 도시락을 챙기더니 '고맙아, 아진아~ 맛있게 먹을게~'하고서는 출근했다.

근데 우리 아부지… 내가 왜 미역국 끓였는지도 모르시나 보네.

난 아버지가 나가자마자 미역국 재료를 살 때 함께 장봤던 다른 음식 재료들을 모조리 꺼냈다.

"아부지! 오늘 아부지 일터에서 진수성찬 한번 차려 드릴게 요!"

내 손이 분주하게 움직이며 식재료들을 다듬기 시작했다.

점심이 되기 전까지 내가 생각한 생일상 음식을 모두 만들 려면 서둘러야 했다.

고생 많이 하신 우리 아부지, 오늘 꼭 세상에서 제일 행복 하게 만들어 드려야지.

　　　　*　　　　*　　　　*

　김태하는 병원에서 며칠을 끙끙 앓다 겨우 정신을 차리고 퇴원했다.

　주치의는 더 기력을 회복하고 나가는 게 좋겠다고 권했으나 김태하가 한사코 이를 거절했다.

　그는 퇴원하자마자 집으로 향했다.

　"류시해… 지동찬… 개새끼들……."

　쇠한 몸을 회복하느라고 꼼짝 없이 병실에 누워 있는 동안 김태하의 속엔 악만 가득 찼다.

　기력이 빠져나간 건 힐링 포션을 복용하는 것으로 낫지 않았다. 온전히 휴식을 취하며 잘 먹고 잘 자야 회복할 수 있었다.

　몸이 나아질수록 김태하의 분노는 걷잡을 수 없이 커져갔다.

　어디에라도 이 분노를 풀지 않으면 미쳐 돌아버릴 것 같았다.

　울화로 가득 찬 눈동자를 이리저리 굴리며 아무나 걸리면 죽여 버릴 기세로 걸었다.

　하지만 집에 도착할 때까지 누구도 김태하에게 시비를 걸지 않았다.

　현관문을 거칠게 열고 안으로 들어서자마자 독한 알코올

냄새가 훅 하고 밀려왔다.

김태하가 미간을 구기며 신발도 벗지 않고 거실로 향했다.

거기엔 나이에 비해 훨씬 늙어 보이는 데다 뼈만 앙상한 그의 아버지 김석중이 홀로 소주를 마시고 있었다.

눈이 완전히 풀린 것이 이미 거나하게 취한 상태였다. 방 한켠에는 비어버린 소주병 수십 개가 굴러다녔다.

그 광경을 보고 김태하가 키득거렸다.

"크, 크크큭. 아… 나 미치겠네, 씨팔."

김석중이 고개를 슥 들어 자기 아들을 바라봤다. 그의 눈동자엔 아들에 대한 애정이 손톱만큼도 담겨 있지 않았다. 그저 분노와 두려움만 뒤범벅이 되어 있었다.

"…왔냐."

김석중의 입에서 쉿소리 가득한 음성이 흘러나왔다.

"또 술만 처먹고 있었던 거야? 어?"

"들어가 쉬어라."

김석중이 술병을 들어 빈 술잔에 따르려 했다.

"이런 썅!"

김태하가 그런 김석중의 손을 발로 걸어찼다.

그 바람에 옆으로 날아간 소주병이 베란다 유리창에 부딪혔다.

와장창—!

유리창이 깨지고 소주병도 박살이 났다.

김석중은 아파도 고함 한번 지르지 못한 채 걷어차인 손을 부르르 떨었다.

그가 김태하를 노려보았다.

"너 애비한테 뭐 하는 짓이냐, 이 새끼야."

"애비? 씨팔… 꼴값을 해야 애비지."

김태하가 사나운 시선을 김석중에게 던졌다.

원수와 맞닥뜨려도 그런 시선이 나올까 싶을 만큼 그의 눈에 담긴 원한은 깊었다.

김태하는 단 한 번도 아버지의 사랑이라는 걸 느껴본 적이 없었다.

김석중은 김태하와 그의 어머니에게 늘 공포의 대상이었다.

변변한 직장도 없이 주먹패들과 어울려 다니던 김석중은 술집에서 일하던 여인을 만나 하룻밤 사랑을 나눴고 그 사이에서 태어난 게 김태하였다.

김석중은 이왕 일이 그리된 거 집에서 밥해줄 여자가 필요해 여인을 데리고 살았다.

하지만 사랑 없이 살만 맞대고 사는 가족에 행복이 찾아올 리 없었다. 아울러 행복을 논하기에는 김석중의 성정이 워낙 망나니 같았다.

그는 허구한 날 술을 먹었고, 다른 여자와 잠을 잤다.

술에 취해 집에 들어오는 날엔 어린 태하와 그의 어미를 이유 없이 구타했다.

어떤 날은 자신의 아내에게 몸이라도 팔아 술값을 마련해 오라며 폭언과 폭력을 휘두르기도 했다.

갈수록 김석중의 망나니짓은 심해졌고 김태하는 그를 아버지가 아닌, 언젠가는 타도해야 할 적이라고 인식했다.

그러던 어느 날, 김태하의 어머니가 집을 나갔다.

김태하에게 미안하다는 편지 한 장 달랑 남겨둔 채, 흔적도 없이 사라졌다.

김석중은 아내가 사라지자 하루가 멀다 하고 김태하를 괴롭혔다.

아내가 받았던 구박까지 전부 아들에게 돌려 버린 것이다.

김태하는 자식이 아니라 노예 취급을 당하며 자라야 했다.

집안일을 해야 했고, 친구들의 돈을 뜯어 김석중의 술값을 마련해야 했다.

그러던 어느 날.

고등학교에 입학하며 이제는 어느 정도 힘이 길러졌겠다, 슬슬 김석중을 제압해야겠다고 마음먹었을 때, 그는 비욘더로 각성하게 됐다.

그가 그토록 원했던 진정한 힘을 얻게 되었고 이후부터 두 사람의 입장이 반전되었다.

김태하는 김석중에게 강한 폭력을 가하지는 않았지만, 마음만 먹으면 언제든지 당신을 제압할 수 있다는 걸 보여줬다.

김석중은 충격을 받았다.

하지만 김태하의 곁을 떠날 수가 없었다.

이미 그는 이 빠진 호랑이였고 이렇다 할 수입도 없는 백수 한량이었다.

한데 비온더가 된 김태하는 돈을 많이 벌어 오기 시작했다.

그 돈으로 지금의 아파트로 이사도 왔고, 김석중은 더 이상 배를 곯지 않게 되었다.

술을 살 돈도 생겼다.

아들에게 조금 비굴한 모습을 보이고 고개를 조아리면 돈이 들어왔다.

김태하는 그걸 즐겼다.

자신에게 굽신거리는 아버지의 모습을 보는 게 통쾌했다.

그런데 가뜩이나 기분도 뭣 같은 오늘 술에 절어 판단력이 흐려진 김석중이 자신을 노려봤다.

김태하의 심장이 쿵쾅거리며 뛰었다.

머릿속이 멍했고 주변의 모든 광경이 하얗게 물들었다.

온몸의 감각이 물 먹은 솜덩이가 된 듯 무거운 한편, 허공에 붕 떠 있는 것 같기도 했다.

이러다가 무슨 일을 낼 것만 같았다.

절체절명의 순간, 김석중이 먼저 꼬리를 말았다.

"미, 미안하다… 내가 술이 좀 과했나 보다."

"씨팔, 아버지라고 하나 있는 게……."

독설을 내뱉던 김태하의 머릿속에 순간 누군가의 얼굴이

떠올랐다.

"아버지……?"

그러고 보니 이 아파트에는 또 다른 아버지가 있었다.

"고맙다, 찐따."

김태하가 다급히 집을 나서 경비실로 향했다.

만약 그가 진흙 몬스터에게서 구해질 당시 정신이 온전했다면, 그래서 아진의 활약을 봤다면. 아니, 지금 아진에 대해 퍼지는 소문을 듣기라도 했었다면 이런 선택을 하지는 않았을 것이다.

하지만 김태하는 아진에 대해 자세히 알지 못했고, 자신의 아버지 대신 화풀이를 할 또 다른 아버지가 필요했다.

＊　　　　＊　　　　＊

12시 전까지 남은 시간은 한 시간!

그런데 아직 계획했던 음식들이 완성되려면 일이 너무 많이 남았다.

누가 김밥 마는 거랑 동그랑땡 부치는 것만 도와줘도 훨씬 수월할 텐데.

"으허어, 이걸 어쩌냐?"

고민하던 찰나, 나는 혼자가 아니라는 걸 깨달았다.

"소환! 블링, 꼬맹이, 흰둥이, 샤오샤오!"

내 새깽이들 집합이다!

내 부름에 네 마리의 펫이 빛 무리와 함께 소환되었다.

예티와 타조는 덩치가 너무 커서 소환할 수 없었다. 두 놈을 소환하는 순간 우리 집 다 무너진다.

그런데 이것들이 아공간에서 뭐 하며 놀다가 소환된 건지 전부 몸을 막 흔들면서 춤을 춰대고 있었다.

특히 샤오샤오 이놈은 손으로 눈을 가리고 엄청 부끄러워하면서도 엉덩이를 씰룩였다.

"…니들 뭐 하냐."

"뀨웃?!"

블링이가 놀라서 주변을 둘러봤다. 그러자 다른 펫들도 그제야 지들이 소환된 걸 알고 정신을 차렸다.

"니네 안에서 뭐 했어?"

"뀨우웃!"

"타조가."

"토토톳! 토톳!"

"목춤을 계속 춰대서."

"라라라랑~"

"너희들도 신이 나서 같이 춤을 췄는데."

"샤… 샤아."

"부끄러워?"

마지막 내 물음에는 샤오샤오만 고개를 끄덕였고 나머지

녀석들은 고개를 절레절레 저었다.

아무튼 타조가 목춤 추는 거 보고 신나서 따라 췄다 이거잖아. 샤오샤오는 부끄럼쟁이 주제에 분위기 타서 엉덩이 씰룩댄 거고.

"타조 이 자식이 제대로 발정 났나 보네. 암튼 그건 그거고 지금부터 너희들은 열과 성을 다해 우리 아부지 생일상에 올라갈 요리를 돕는다! 오케이?"

펫들이 일제히 대답하며 고개를 끄덕였다.

꼬맹이랑 샤오샤오는 손이 있었지만 흰둥이랑 블링이는 손이 없었다.

그래서 흰둥이는 촉수를 꺼냈고, 블링이는 젤리 같은 몸을 변형시켜 작은 손 두 개를 꾸물꾸물 만들어냈다.

"자, 내가 어떻게 하는 건지 가르쳐 줄 테니까 잘 보고 따라 해. 우선 꼬맹이와 블링이가 할 건 김밥을 마는 거야."

말을 하며 난 김을 깔고 그 위에 밥과 속재료들을 얹은 뒤 김밥을 쫙 말아보였다.

"할 수 있지?"

꼬맹이와 블링이는 비장한 얼굴로 고개를 끄덕였다.

"해봐."

꼬맹이가 냅다 달려들어 김밥을 말았다.

"토토토~"

"김으로 밥을 말아야지, 밥으로 김을 말면 어떡해, 인마!"

따악!

"토톳?!"

꼬맹이가 혼나자 블링이가 엄청 거만한 얼굴로 다가오더니 꼬맹이를 옆으로 툭 쳐냈다. 그러고서는 의기양양하게 김밥을 말았는데.

"김밥을 말랬지, 누가 다 녹이랬어!"

"뀨웃?!"

냠냠, 쩝쩝, 꿀꺽.

웅? 이건 또 무슨 소리야?!

"야! 흰둥이 이 자식아, 유부초밥 집어 먹지 마! 샤오샤오! 어디서 안 먹은 척이야! 양 볼따구에 뭘 그렇게 쑤셔 넣었어!"

샤오샤오가 화들짝 놀라 고개를 절레절레 젓다가 얼굴이 시뻘게지더니 가슴을 펀펀 두들겼다. 그러자 입에서 행주가 튀어나왔다.

…하필 몰래 집어 먹어도 못 먹는 걸 집어 먹냐, 너는.

하아… 도움받으려고 불렀는데 일이 더 늘어난 기분이다.

*　　　*　　　*

펫들 때문에 정신없었던 건 딱 초반의 10분 정도뿐이었다.

펫들은 내가 가르쳐 준 걸 제대로 이해하고 나니 실수 없이 빠른 속도로 맡은 일을 해나갔다.

결국 12시가 되기 전에 모든 요리를 마칠 수 있었다.

김밥, 잡채, 동그랑땡을 비롯한 각종 전들과 산적 꼬치, 유부초밥, 다시 끓여서 보온병에 담은 미역국, 후식용 과일 샐러드까지!

"완벽해! 푸히히, 잘했다 내 새깽이들."

나는 펫들의 궁뎅이를 팡팡 쳐주고 봉인시킨 뒤 커다란 도시락 통과 보온병을 챙겨 밖으로 나왔다.

던전 레이더를 확인하니 현재 시간 11시 45분!

버스를 타면 늦고, 콜택시를 불러도 간당간당하다. 하지만 나한테는 더 좋은 이동 수단이 있다.

"소환, 타조!"

"우루루루!"

난 늠름한 타조의 등에 훌쩍 올라탔다.

"아버지 회사로!"

"우루루루루루!"

힘차게 대답한 타조가 높이 날아올라 총알처럼 질주했다.

"반대쪽이라고, 인마!"

따악!

"우루?!"

      *   *   *

아진의 아버지 루송찬은 여느 날과 다름없이 경비실 안을 지키고 있었다.

오전에 해야 할 일은 전부 끝낸 터였다.

꼬르르륵.

배 속에서는 한참 전부터 밥을 달라고 성화였다.

늘 똑같은 김칫국만 먹다가 소고기가 들어간 미역국을 싸 왔더니 군침이 꼴깍꼴깍 넘어갔다.

하지만 송찬은 꾹 참았다.

이 아파트 경비 직원들은 전부 열악한 환경에서 근무를 하고 있다.

특히 동 대표라는 작자가 경비들만 보면 잡아먹지 못해서 안달이다.

모든 아파트의 동 대표가 다 그런 건 아니겠지만, 아무튼 송찬이 근무하고 있는 이 아파트의 동 대표는 횡포가 심한 사람이었다.

근무시간에 근무에만 집중하라며 텔레비전을 떼 간 것만 봐도 말 다 했다.

그렇다 보니 점심시간이 되지 않았는데 밥을 먹다 동 대표 눈에 띄거나 얘기가 귀에 들어가면 또 무슨 면박을 당할지 모른다.

송찬은 얼른 점심시간이 다가오기를 기다렸다.

그런데.

똑똑.

누군가 경비실 창문을 두들겼다.

송찬이 슥 보니 아진과 같은 반 학생인 다닌다는 김태하였다.

평소 행실도 영 엉망이고 송찬을 비롯한 다른 경비원들에게 버르장머리 없이 행동하는 녀석이었다.

그렇다고 경비원 입장에서 이 아파트에 거주하는 주민의 아들을 혼낼 수도 없는 노릇이다. 아니, 요즘 애들 무서워서 그러다 되레 다칠 수도 있다.

적당히 상대하고 넘겨 버리는 게 상책이다.

송찬이 창을 열고 물었다.

"무슨 일이죠, 학생?"

송찬은 자기보다 나이가 어린 사람이라고 해서 함부로 반말을 사용하지 않았다.

예의를 중시하기도 했지만 세상이 하도 흉흉했기에 괜히 시비가 터질 만한 일을 만들기 싫었다.

"아저씨, 저기 조금 도와줘야 할 일이 있는데 잠깐 나와보세요."

"내가 뭐 도와줘야 돼요?"

"네, 나와봐요."

김태하가 히죽거리면서도 조금 짜증스럽게 말했다.

송찬은 뭔가 꺼림칙했지만 대낮에 사람들이 다 보는 데서 뭔 일을 치를까 싶었다.

"알았어요."

대답을 하고서 경비실 밖으로 나왔다.

"내가 뭘 도와주면 될까요?"

송찬의 물음에 김태하가 일그러진 미소를 짓더니 품에서 칼을 꺼냈다.

그건 손바닥만 한 길이의 단검으로 웨폰 회사의 무기였다.

즉, 비욘더들이 몬스터를 잡을 때 사용하는 장비인 것이다.

송찬이 놀라서 뒷걸음질 치려는데 김태하의 손이 전광석화처럼 튀어나가 멱을 틀어쥐었다.

"컥!"

"하하, 씨발 언젠가 이런 날이 올 줄 알았지."

"하, 학생! 왜 이래요!"

"뭘 왜 이래요? 이유가 있어? 원래 당하는 사람들은 이유 없이 당하는 거야, 아저씨. 아, 그런데 이번에는 이유가 있네. 생각해 보니까. 그 이유가 뭔지 알아?"

"무, 무슨……?"

김태하가 키득거리며 말을 이었다.

"아저씨 아들 학교에서 존나 왕따당하는 거 몰랐지?"

"……!"

"루아진! 왕따야, 그 병신 새끼! 애들이 다 개무시해요. 학교에 오면 하루 종일 엎드려서 자는 척해. 하하, 좆밥 새끼. 내 숙제도 다 아저씨 아들이 해줬어요. 내 간식도 지 용돈으로 사 왔고."

"아… 아아……."

송찬은 억장이 무너지는 것 같았다.

두 다리에 힘이 풀리고 심장이 덜컹 내려앉았다.

"한번은 죽어버리라고 던전에 집어 던졌거든? 근데도 버려지처럼 살아 돌아왔데? 크큭! 그때 그냥 뒈져 버렸어야 했는데. 그래야 아저씨가 죽어도 천국에서 반겨줄 사람이 있지. 맞아. 그거 이야기해 주려고 그랬었지? 아저씨가 왜 당해야 하는지. 별거 없어. 아저씨는 그 개병신 찐따 새끼 애비니까. 그게 다야."

"이… 이이! 너 이노오오옴!"

송찬이 노호성을 치며 김태하의 멱을 마주 틀어쥐었다.

"왜? 치려고? 한번 해봐. 근데 나 비은더거든? 치는 순간 당신 뒈진다."

"시끄러워! 주둥이 함부로 놀리지 마, 이놈아! 어린놈의 자식이 할 말이 있고 못 할 말이 있지! 어디 내 앞에서 내 자식을 그렇게 말해! 어떻게 그래! 어떻게 그럴 수가 있냔 말이야!"

송찬의 눈에서 통한에 찬 눈물이 주룩주룩 흘러내렸다. 김태하에게 고함을 칠 때마다 가슴이 깨져 나가는 것 같았다.

여태껏 자기 자식이 그런 지옥 속에 사는 줄도 몰랐다는 사실에 당장에라도 까무러칠 것처럼 어지럽고 마음이 아팠다.

속이 썩어 들어간다는 게 이런 기분일 것이다.

"그러니까 이런 꼴 당하기 싫으면 약하게 태어나질 말든가.

나한테 찍히지를 말든가. 아니… 아예 태어나지 않는 것도 방법이겠네. 그치?"

"이 썩을 노오오옴!"

송찬이 주먹을 말아 쥐고 김태하에게 휘둘렀다.

그 순간 김태하가 송찬의 멱을 잡고 있던 손을 힘껏 밀었다.

뻑!

"으억!"

김태하의 입장에서는 작은 힘이었지만 일반인인 송찬은 둔기로 얻어맞은 것 같았다.

송찬이 뒤로 나가떨어져 바닥을 구르고서는 욱씬거리는 가슴팍을 움켜쥐었다.

"으의! 으으윽!"

"감히 씨발 주먹을 날려? 아저씨는 뒈졌어."

김태하가 칼날을 혀로 핥더니 쏘아져 나간 탄환처럼 몸을 날렸다.

송찬은 정신이 없는 상태에서도 눈을 부릅뜨고 자신에게 다가오는 김태하를 노려보았다.

순식간에 거리를 좁혀 지척까지 다가온 김태하가 칼을 송찬의 가슴에 찔러 넣었다.

'아진아!'

이대로 칼을 맞으면 필시 죽는다는 예감이 송찬을 엄습했다.

그가 최후의 순간 속으로 아들의 이름을 불렀다.

그리고 나직이 읊조렸다.

'애비가 못나 미안하다.'

송찬은 이가 부러져라 깨물며 눈을 감았다.

'이대로 끝이구나' 생각하던 그때!

콰아아앙!

엄청난 굉음과 함께 지진이 난 듯 땅이 흔들렸다.

동시에 충격파가 퍼져 나갔지만 송찬은 그 여파에 휘말리
지 않았다.

무언가가 송찬을 들어 품에 안고 충격파를 자신의 등으로
막아냈기 때문이다.

"듀라라라~"

이상한 괴물의 울음소리에 송찬이 눈을 떴다.

그를 안고 있는 건 온몸이 하얀 털로 뒤덮인 설인 같은 모
습의 몬스터 듀라란이었다.

"끄허어!"

송찬은 미처 놀랄 새도 없이 사람의 신음이 들린 곳으로 시
선을 돌렸다.

그곳엔 거대한 루루의 발에 등을 밟힌 김태하가 피를 토하
며 신음하고 있었다.

아울러 루루의 위엔 익숙한 얼굴의 청년이 보였다.

오늘 출근할 때도 집에서 보았고, 내일도 당연히 볼 거라고
생각했고, 앞으로도 오래오래 보기를 희망했던 그 얼굴.

송찬의 둘도 없는 사랑하는 아들.

아진이 루루에게 올라탄 채 야차 같은 얼굴로 김태하를 노려보고 있었다.

"쿨럭! 쿨럭! 이 개씨바알… 뭐야 이거어……! 뭐야 씨발 진짜아아아아아아!"

김태하가 소리치며 발악했다.

이를 보던 아진의 신형이 거짓말처럼 사라졌다가 김태하의 앞에서 나타났다.

그리고.

빠악!

"아악!"

아진의 주먹이 김태하의 얼굴에 작렬했다.

김태하가 어지러운 와중에도 아진을 확인하고서 이를 갈았다.

"너 찐따… 씨발새끼야아!"

아진은 대꾸도 없이 김태하의 얼굴에 주먹을 또 박아 넣었다.

빠악!

"악!"

"감히."

빠악!"

"으억! 씨발!"

"네까짓 게."

빠아악!

"끄어어!"

"누굴 건드려!"

빡! 빠악! 픽! 퍼퍼퍼픽! 콰직!

아진의 주먹이 연속으로 뻗어나가 김태하의 얼굴을 아작 냈다.

"크허… 어어……"

김태하는 코뼈와 부러지고 광대뼈가 함몰됐으며 앞니가 모두 나갔다. 눈의 실핏줄이 터져 흰자는 붉게 물들었다.

녀석이 당장에라도 정신을 잃을 것처럼 움찔거렸다.

그런 김태하를 씹어 죽일 듯 노려보던.

"너……."

아진의 입에서.

"살기를 바라지 마, 개자식아."

사형선고가 떨어졌다.

『미라클 테이머』 3권에 계속…

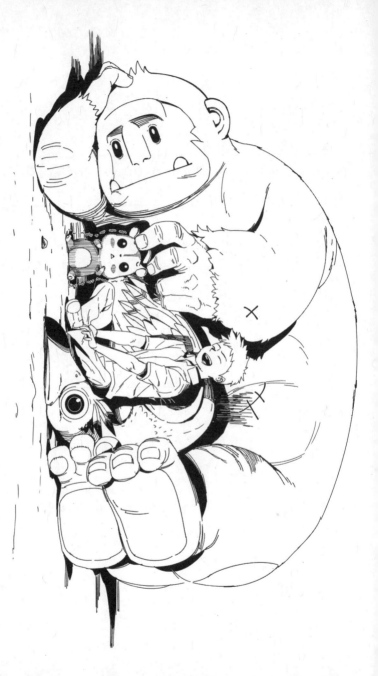

박선우 장편소설

FUSION FANTASTIC STORY

멋진 인생

Wonderful Life

태어나며 손에 쥔 것이라고는 가난뿐.

그러나 내게는 온몸을 불사를 열정과
목숨처럼 소중한 사랑이 있었다.

『멋진 인생』

모두가 우러러보는 최고의 식상이사 가칭 시일인 진젱티,
천하그룹!

승진에 삶을 바친 야수들의 세계에서 우뚝 서게 되는
박강호의 치열하지만 낭만적인 이야기!

Book Publishing CHUNGEORAM

유행이 아닌 자유추구
www.chungeoram.com

강준현 장편소설
FUSION FANTASTIC STORY

인생을
바꿔라

『복수의 길』, 『개척자』 강준현 작가의
2016년 신작!

자신이 무엇인지 알지 못하는 정신체, 염.
세상을 떠돌며 사람의 몸속으로 들어가
에너지를 얻고 나오길 반복하던 어느 날.

사고로 인한 하반신 마비, 애인의 이별 선언.
삶에 지쳐 자살하려는 김철의 몸에 들어가게 되는데⋯⋯.

"뭐, 뭐야! 아직도 못 벗어났단 말이야?"

새로운 삶을 살리라,
정처 없이 떠돌던 그의 인생 개척이 시작된다!

"어떤 삶인지 궁금하다고? 그럼 한번 따라와 봐."